Future Fiction

Collana diretta da
Francesco Verso

Chen Qiufan

L'eterno addio

Antologia di racconti brevi

Traduzione di Alessandra Cristallini
e Francesca Secci

Associazione culturale Future Fiction
Via Valentiniano 40 – 00145 Roma
C.F. 97962020588

Buddhagram, prima edizione in lingua cinese su "Offline", febbraio 2012.

I pesci di Lijiang, prima edizione in lingua cinese su "Science Fiction World", maggio 2006.

Il fiore di Shazui, prima edizione in lingua cinese su "Minority Report", giugno 2012.

Gli osservatori di animali, prima edizione in lingua cinese su "ZUI novel", maggio 2012.

La società dello smog, prima edizione in lingua cinese su "New Illusion", gennaio 2010.

L'eterno addio, prima edizione in lingua cinese su "Science Fiction World", dicembre 2011.

Miss G, prima edizione in lingua cinese su "Zui Fond", dicembre 2011

Storia futura della malattia, prima edizione in lingua cinese su "Zui Fond", gennaio-settembre 2012.

Titolo *L'eterno addio*
© 2018 **Future Fiction**, Roma
I edizione Settembre 2018
info@futurefiction.org

Uno sguardo alla Cina attraverso gli occhi della fantascienza
di Chen Qiufan

Ricordo ancora la vita da scrittore verso la fine degli anni '90 durante i giorni di scuola. Tutto ciò che potevamo fare era scrivere su libri in edizione economica oppure sulle riviste. Mandavamo le nostre storie su carta per posta agli editori e l'attesa di una risposta o di un commento era lunghissima, a volte infinita.

Poi Internet ha cambiato tutto, proprio come succede in una metafora fantascientifica.

Ricordo ancora la sensazione di quando diventai un appuntamento fisso nelle chat room virtuali, facendomi presto un nome come scrittore prolifico e ancora studente universitario a Pechino nel 2000. Era la sensazione della libertà; la scoperta di internet e di una comunità di scrittori che apprezzavano quello che chiamo il "gioco mentale" della fantascienza: "Devi creare un mondo in cui tutti i pezzi s'incastrino alla perfezione. Se cambi solo un elemento, cosa succede?"

Sono nato nel 1981 – appena tre anni dopo l'apertura economica della Cina – nella provincia costiera meridionale del Guangdong. La sua vicinanza a Hong Kong ha significato un accesso piuttosto semplice ai libri e all'intrattenimento stranieri, e mio padre, un ingegnere, mi comprava i classici dell'Età dell'Oro della fantascienza di Arthur C. Clarke e di Isaac Asimov. In seguito, ho scoperto la fantascienza cinese sulla rivista Science Fiction World e ho avuto la possibilità di scrivere le nostre storie di fantascienza a cui non avevo mai pensato prima.

All'epoca, i lettori di SF cinese erano visti in modo piuttosto diverso da come succedeva in passato. Dalla pubblicazione nel 1904 della prima opera letteraria di fantascienza cinese, "Tales of the Moon Colony" ("月球 殖民地") di Huangjiang Diaosou (荒 江 钓 叟), il genere ha avuto alterne fortune, per lo più balbettanti negli ultimi decenni.

Il genere ha guadagnato importanza nei primi anni del governo del Partito Comunista, contribuendo a diffondere idee su democrazia, socialismo e progresso scientifico.

All'indomani della Rivoluzione Culturale, tuttavia, la fantascienza veniva derisa per aver diffuso una sorta di pseudoscienza, decadente e borghese. Questa opposizione alla SF anti-scientifica è via via diminuita grazie alle riforme degli anni '90, ma dopo aver superato l'ostacolo della politica, doveva ancora prevalere sui capricci del mercato.

Per lungo tempo in Cina, la fantascienza è stata considerata nient'altro che narrativa per l'infanzia e quindi emarginata dalla letteratura tradizionale. Ma nel ventunesimo secolo per molti cinesi la fantascienza sta diventando una modalità di indagine e uno strumento per riflettere sulle questioni della società contemporanea. Imprenditori e pensatori stanno riponendo più enfasi sulla fantascienza ultimamente e, allo stesso tempo, le innovazioni delle start-up che hanno richiamato l'attenzione su di sé in Cina hanno suscitato un maggiore interesse anche verso la fantascienza.

Anzi, il genere adesso sta raggiungendo il pubblico internazionale mainstream. Nel 2016, la collega Hao Jingfang è diventata la seconda scrittrice cinese a vincere il premio Hugo, il riconoscimento di fantascienza più prestigioso in lingua inglese, con una novella che descrive la vita in una Pechino distopica ("Pechino pieghevole", Robot 79 Ndt). E il collega blogger Liu Cixin si è trasformato in una rockstar letteraria, dopo aver vinto il primo Hugo nel 2015, con la sua immensa trilogia "Il problema dei tre corpi" (Mondadori, 2017) di cui Amazon è in trattativa per acquisire i diritti TV per la cifra di un miliardo di dollari.

È oltre ogni immaginazione.

In effetti, questi sono alcuni esempi di un fenomeno psicologico di massa nella Cina contemporanea che io definisco "tecneurosi". Si può osservare nel timore verso le I.A. e i robot che viene sollevato durante le discussioni pubbliche, e viene mostrato dai media e dalle varie startup tecnologiche che operano sul concetto di "Intelligenza Artificiale" come una parola d'ordine priva di alcun segno d'intelligenza. Quelli che sono preoccupati di restare indietro rispetto all'accelerazione del progresso tecnologico possono addirittura pagare servizi di "assicurazione sulla conoscenza" (circa $40 l'anno), che garantiscono all'utente alcuni benefici come il supporto di un "consulente esperto" per digerire un nuovo libro oppure la comprensione di una nuova tecnologia attraverso un elenco di punti o l'ascolto di una discussione.

Il popolo cinese è molto preoccupato che il futuro abbandoni se stessi e i propri discendenti. Come riportato nei Dialoghi, una raccolta di massime di Confucio, "l'ansia non deriva dalla povertà, ma dall'iniqua distribuzione". Nella Cina di oggi, la famosa citazione di William Gibson è onnipresente nelle conferenze tecniche, negli spettacoli televisivi e nelle interviste con persone di tutti i tipi: "Il futuro è già qui, solo che non è distribuito bene".

Noi siamo la generazione che vive in mezzo ai divari, tra lo stile di vita postmoderno e le aspettative tradizionali, tra l'esplosione della tecnologia avanzata e l'ideologia del consumismo conservatore. Questo è proprio ciò che mi piace esprimere di più attraverso la fantascienza.

Spesso i miei personaggi lottano contro un vuoto spirituale o emotivo, e sono tanto più motivati dalla tecnologia quanto più restano delusi dai crescenti desideri della società. In "I pesci di Lijiang", un impiegato stressato viene coinvolto in una storia d'amore poco chiara dopo essere stato mandato in una località di vacanza simulata, dove tutto, dallo scenario naturale alle semplici relazioni, è progettato a priori.

E non ho nemmeno paura di colpire il mio stesso gruppo demografico; particolarmente saliente per i lettori nella Silicon Valley o dell'equivalente di Pechino nello Zhongguancun è la storia, "Buddhagram", un pezzo ironico sulla fascinazione dei tecnici verso il buddismo.

Nel mio primo romanzo, "The Waste Tide" (tradotto in inglese da Ken Liu ed edito per Tor nel 2019), tratteggio uno scenario distopico in una Cina cyberpunk, dove chi lavora con i rifiuti viene trasformato in cyborg, l'operaio perfetto, in modo da non avere più troppe richieste "umane". Ma alla fine una ragazza si ribella e dà inizio a una rivoluzione.

Piuttosto che dello spazio esteriore (space opera e incontri con alieni, Ndt), mi piace occuparmi di problemi reali: l'evoluzione delle app, le conseguenze dell'inquinamento, il controllo delle informazioni, il tutto inserito in trame e sviluppi futuristici. Questo tipo di "realismo fantascientifico" è in grado di descrivere le complicazioni antropologiche insite nel processo che sta trasformando la Cina in una società sempre più tecnologica. Quello che voglio indagare sono i potenziali cambiamenti a livello umano derivanti dall'affrontare un mondo – quello cinese – che adesso sta accelerando in ogni suo aspetto.

A essere onesti, vivere in Cina è già come essere in un mondo fantascientifico.

Il ritmo della società cinese ha subito un'accelerazione incredibile negli ultimi vent'anni e, anche se adesso sembra essere rallentato, lo slancio è stato enorme. Assisteremo a un'ondata crescente di cambiamenti in tutti i settori:

tecnologia, economia, cultura, struttura sociale ed etica. Le persone paiono preoccupate da queste trasformazioni, che non sono facili da comprendere.

In quanto scrittori di fantascienza, siamo bravi a simulare scenari diversi, creati per esplorare la domanda "cosa succedere se?", e a rifletterci su di conseguenza. I cambiamenti che stiamo vedendo ora, noi li abbiamo già sperimentati molte volte nei nostri mondi immaginari. D'altra parte, è difficile descrivere l'intera Cina partendo da una sola premessa iniziale. Oggi il paese è molto squilibrato sotto molti punti di vista. Passare dalle megalopoli più sviluppate come Pechino, Shanghai o Shenzhen alle province più rurali del nord-ovest è come viaggiare tra pianeti differenti.

Una cosa è certa: i cinesi sono molto flessibili riguardo le nuove tecnologie emergenti e possono usare tutti questi servizi in maniera comoda per gestire le attività o migliorare la qualità della loro vita. Ma sorgeranno conflitti tra lo stato totalitario e l'autorealizzazione degli individui, e la tensione può essere accumulata o dissipata dall'applicazione della tecnologia.

Tuttavia è più difficile per uno scrittore. Penso che una delle qualità più importanti in uno scrittore sia la sensibilità: la capacità di catturare la stranezza nella vita di tutti i giorni. Questo è particolarmente significativo nella Cina contemporanea, dove è facile perdersi nella confusione caleidoscopica di vite che cambiano di continuo. Non importa che genere di narrativa si stia scrivendo.

Spero che possiate dare un'occhiata alla Cina moderna attraverso le mie storie e forse anche grazie al romanzo "The Waste Tide". A volte mi sono sentito così connesso vedendo i miei mondi immaginari tradotti in altre lingue come l'italiano. In questo momento, stiamo condividendo lo stesso universo fantascientifico alternativo.

Un grande ringraziamento al caro Francesco Verso per aver reso possibile tutte queste cose incredibili. Ringrazio Chiara Cigarini e Alessandra Cristallini per la loro bellissima traduzione. E grazie anche a Brad Sharp per la fantastica copertina. E infine grazie anche a chi ha sempre un interesse per la cultura e la fantascienza cinese. Siete meravigliosi!

Grazie! Lunga vita e prosperità!

0

Mia madre mi raccontò di un monaco buddista che incontrammo facendo spese il giorno del mio primo compleanno.

Il monaco mi accarezzò la testa – allora pelata come la sua – e cantilenò qualche verso che sembrava una poesia.

Una volta tornati a casa, mia madre ne recitò qualche frammento a mio padre. Papà, che aveva studiato qualche anno in più della mamma e aveva finito le scuole medie, le disse che quei versi non venivano da una poesia, ma da un koan buddista. Solo consultando il maestro di scuola del villaggio, papà scoprì l'origine di quei frammenti, parole che avrebbero deciso la mia vita.

Come le nubi attraversano il cielo, così appare il Maestro nel Vuoto.
La polvere si posa su tutto tranne ciò che è vero.
Di continuo chiede il monaco: "Cosa significa la tua visita?"
Il Maestro indica il cipresso che ha messo le radici in cortile.

Credettero che questi versi avessero un significato profondo, così mi rinominarono Zhou Chongbo, che significa "Ripeti-Cipresso".

1

Sto seduto dentro a un pentolone fumante. Sono un raviolo che viene cotto al vapore. Tutti continuano a inspirare ed espirare, per poi fissare il fumo bianco che esce dalle bocche degli altri, come personaggi dei fumetti con i pensieri che galleggiano sulle loro teste in nuvolette con dentro riflessioni logiche, donne nude oppure *oscenicon* congelati. Poi il fumo si dissipa, rivelando facce segnate e gonfie. Il depuratore d'aria strilla come fosse impazzito, e le donne sedute sulle sedie lungo il muro indossano silenziosamente la mascherina e scorrono le dita sullo schermo del cellulare con aria corrucciata.

Non mi serve guardare l'ora per sapere che è mezzanotte passata. Ormai mia moglie non risponderà più nemmeno ai miei messaggi su WeChat.

Mi hanno trascinato qui all'ultimo minuto. Io e mia moglie stavamo tornando a casa dopo una passeggiata quando abbiamo incontrato un uomo con un cappotto militare sul cavalcavia pedonale. Con una voce roboante che ci ha fatti sussultare entrambi ha detto "Lo sciame di meteoriti delle Quadrantidi sarà visibile il 4 gennaio. Non perdetelo."

Aspettavo che finisse con quella che noi esperti di marketing definiamo "chiamata alle armi" – tipo "Entra nel Club di Astrologia di Haidian", "Chiama adesso!" o persino che tirasse fuori un telescopio portatile dalla tasca e dicesse "Solo per oggi a 88 yuan" – il che l'avrebbe resa una vendita da strada eseguita a dovere.

Ma come una macchinetta inceppata, ha ricominciato dall'inizio: "Lo sciame di meteoriti delle Quadrantidi sarà visibile il 4 gennaio..."

Missione fallita.

Delusi, ce ne siamo andati. Ed è stato allora che il mio telefono ha squillato.

Era Lao Xu. Ho guardato mia moglie come per scusarmi, e lei mi ha lanciato la classica occhiataccia di quando il mio lavoro s'intromette nel nostro tempo assieme – non era certo la prima volta. Ho risposto alla chiamata, ed ecco come sono finito qui, seduto in questa stanza.

L'ultima cosa che mia moglie mi ha detto è stata: "Dì a tua madre che la pianti di stressarmi perché vuole un nipotino. Suo figlio è così smidollato che è come avere un bimbo piccolo."

"Chongbo!" La voce di Lao Xu mi riporta in questa stanza piena di fumo cancerogeno. "Tu sei il responsabile della strategia. Contribuisci!"

Scrutando attraverso la fitta foschia, cerco di dare un senso agli appunti confusi sulla lavagna bianca: opinioni degli utenti, argomenti di vendita, ricerche di mercato... linee di pennarello di vari colori collegano le parole come il tracciato fatto da un dito in un gioco di collega-le-figure sul cellulare: triangoli, pentagoni, esagrammi, le sette Sfere del Drago...

Tutte stronzate. Stronzate prive di senso.

La pressione nel pentolone sta aumentando. Sulla mia fronte si formano gocce di sudore, mi scorrono lungo la faccia e cadono.

"Fa troppo caldo qui?" Lao Xu mi passa un tovagliolo di carta stropicciato dal colore alquanto sospetto. "Asciugati!"

Obbedisco, troppo terrorizzato per obiettare.

"La volta scorsa il signor Wan non è rimasto soddisfatto del piano marketing, e voleva cambiare agenzia. L'ho pregato e supplicato pur di farlo rimanere con noi. Se stavolta dovessimo fallire credo che capiate tutti cosa significhi."

Il tovagliolo scadente mi si sfalda in mano e pezzetti di carta rimangono attaccati alla mia faccia sudata.

Il signor Wan è il nostro dio, l'amministratore delegato di un'azienda di software. Su dieci persone a caso che attaccano bottone con i passanti nelle strade di Zhongguancun – la Silicon Valley cinese – una sarebbe impegnata in "network marketing", due tenterebbero di trascinarvi in un sistema a piramide, tre cercherebbero di parlarvi di Gesù, e gli altri sarebbero fondatori o amministratori dele-non-so-cosa di startup.

Ma se riusciste a mettere questi tizi in una gara di conversione uno contro uno – tempo tre minuti al massimo – sono sicuro che l'ultimo gruppo otterrebbe una vittoria schiacciante.

Non sono interessati a venderti un semplice *prodotto*, ma un'*idea* che potrebbe cambiare il mondo. Non sono lì per parlare per conto di qualche divinità, loro sono già dèi.

Il signor Wan è proprio uno di questi dèi.

Grazie alla fortuna e alla tenacia di Lao Xu, la nostra piccola agenzia è riuscita a fare del signor Wan un nostro cliente. Dovremmo spendere gli euro, i dollari, gli yen e gli yuan che arrivano da business angel, da fondi di *private equity* e dai *round* A-B-C-D per aiutare l'azienda del signor Wan a espandere il mercato della sua app per cellulari, aumentare la riconoscibilità del prodotto, e migliorare i livelli di engagement giornalieri cosicché il signor Wan possa usare i nuovi dati per attrarre ancora più investimenti.

Il volano continua a girare.

Allora dov'è l'intoppo?

"Dov'è l'intoppo?" la voce secca e sottile di Lao Xu stride come un treno della metropolitana che attraversa una galleria, e una forza invisibile mi schiaccia al punto che sto per svenire.

Mi alzo in piedi tremando, evitando di proposito gli sguardi degli altri. Sono come un abitante bidimensionale di un piano matematico: il mio corpo è fatto di punti, ma non ne vedo nessuno.

"C'è... un problema con il prodotto." Abbasso la testa pieno di vergogna, pronto a una feroce ramanzina di Lao Xu.

"Cazzo, sarebbe questa la tua analisi?"

Tengo a freno la lingua.

Il cofondatore del signor Wan – chiamiamolo Y – è un suo ex compagno di studi alla USTC che ha lavorato in America per molti anni. Il signor Wan lo ha convinto a ritornare in Cina portando con sé i diritti di brevetti fondamentali per avviare un business.

Il brevetto di Y riguarda una tecnologia di filigranatura digitale che è un po' difficile da spiegare perché include teoria dell'informazione e alcuni calcoli complessi.

Farò un esempio facile. Mettiamo che scattiate una fotografia e usiate questa tecnologia brevettata per aggiungere un watermark invisibile a occhio nudo; in seguito, per quanto la foto possa essere modificata o cambiata a posteriori – persino se l'80% dell'immagine è stata tagliata – potreste comunque applicare un algoritmo speciale per recuperare l'immagine originale. Il segreto è che proprio il watermark invisibile conserva tutte le informazioni della fotografia nel momento in cui è stato applicato.

Questo è, ovviamente, solo l'utilizzo più basilare della tecnologia. Potrebbe diventare un meccanismo di autenticazione/antimanomissione con molte applicazioni in campi come comunicazione, finanza, scienza forense, sicurezza militare e medicina – le possibilità sono infinite.

Tuttavia, dopo che Y era tornato in Cina, i due cofondatori avevano scoperto che tutte le aziende chiave a cui erano interessati avevano delle barriere all'entrata nel mercato – la difficoltà non era nel fatto che tali ostacoli fossero alti, ma che non sapevano nemmeno dove fossero. Dopo aver sbattuto molte volte contro i muri, avevano deciso di prendere una scorciatoia per aggirare le difficoltà e cominciare dall'intrattenimento, con la speranza di rendere popolare quella tecnologia prima grazie all'apprezzamento di una base di consumatori per poi infiltrarsi gradualmente nei casi di utilizzo da parte delle aziende principali.

Il signor Wan enfatizza sempre la parola "sexy", come se questo fosse l'unico parametro attraverso il quale ogni cosa deve essere misurata. Ma il loro prodotto sembra perlopiù una bambola gonfiabile bucata e accartocciata, lasciata nell'ombra a seccarsi.

"Perché non usate il prodotto del nostro cliente?" Lao Xu grida alle donne sedute lungo il muro. Il sangue defluisce dai loro volti mentre fingono di essere impegnate a prendere appunti.

L'app del signor Wan si chiama "Verigram", e applica automaticamente lo speciale watermark digitale a ogni foto scattata dall'utente. Non importa quante volte l'immagine viene trasmessa, ritoccata o modificata in qualunque altro modo fino a diventare irriconoscibile, basterà premere un tasto per recuperare l'originale.

All'inizio la strategia di marketing si focalizzava sulla sicurezza: *finché usate Verigram, la mamma non si dovrà mai preoccupare di vedere la vostra faccia applicata su un'immagine pornografica.*

Oltre a preparare i canali di vendita, avevamo anche progettato un evento di web marketing chiamato "La Grande Rivelazione". Avevamo reclutato un centinaio di donne e le avevamo aiutate a scattarsi dei selfie con Verigram, che poi avevamo ritoccato fino a farle sembrare tutte quante top model. Avevamo pubblicato le foto sul web con una GIF animata che spiegava come usare l'app del signor Wan per rivelare la verità: "Trasforma la Bella nella Bestia in meno di un secondo!"

Gli utenti maschi – forse *sfigati* sarebbe meglio corretto – avevano reagito alla trovata con un entusiasmo straordinario, consigliandosi l'app a vicenda e generando un vero e proprio fiume di variazioni sul tema che aveva mantenuto le aspettative sul contenuto generato dagli utenti.

Le donne, d'altra parte, avevano odiato quel trucco di marketing. Avevano riempito i forum di commenti negativi sull'azienda, lamentandosi che l'app denigrava e insultava le donne giocando con il vecchio stereotipo del trattare il diritto delle donne alla ricerca della bellezza come una forma perversa di illusione narcisistica. L'evento marketing si trasformò in un disastro per le pubbliche relazioni.

Se fosse dipeso da me, avrei dichiarato vittoria. Sviluppare un mercato significa fare pressione sui punti chiave, come inserire un ago affilato nell'ipotalamo, il centro emozionale del cervello. Se non si vede qualche goccia di sangue, vuol dire che l'ago è poco appuntito o che non lo avete infilato nel punto giusto.

Ma il signor Wan credeva che il nostro piccolo esercizio avrebbe attratto l'attenzione di alcune persone solo temporaneamente, danneggiando il valore del brand a lungo termine. E a quanto pare i risultati gli hanno dato ragione. Dopo un breve incremento, il numero dei download è diminuito ed è rimasto basso, e gli sfigati che eravamo riusciti ad attrarre hanno poi smesso di usare l'app perché non riuscivamo a mantenerli eccitati con un rilascio costante di nuovi contenuti.

"Per me la sicurezza delle foto non è così importante quanto essere vista dagli altri dal mio lato migliore," aveva dichiarato una ragazza del tutto normale in un'intervista che avevamo fatto ai nostri clienti. L'album fotografico del suo telefono era pieno di selfie che mostravano segni di ritocchi eccessivi, tutti simili tra loro e nessuno che le assomigliasse. Eppure, più o meno ogni mezz'ora, metteva il cellulare davanti a sé, lo inclinava di 45 gradi, atteggiava le labbra a papera, e si scattava una foto.

Se le fondamenta di una torre sono costruite sulle sabbie instabili di una spiaggia, come ci si può aspettare che si regga in piedi fino all'arrivo della marea?

Lao Xu mi fissa; io fisso la lavagna; la lavagna fissa tutti quanti, tutti fissano il loro telefono.

Siamo come uno stormo di uccelli persi nella nebbia, costantemente attratti da schermi luminosi finché non dimentichiamo la direzione verso cui stavamo volando. E ora è calata una notte fredda e i predatori affamati si avvicinano nel buio.

Il mio telefono emette un *beep*, indicando che la batteria è quasi scarica. La mia reazione istintiva non è di conservarla, ma di affrettarmi a scorrere i Momenti WeChat pubblicati sul mio network. Ogni singola goccia di energia dev'essere usata al massimo del potenziale, non sprecato in invisibili operazioni di background. Adesso avete un'idea dei miei valori, della mia filosofia.

Leggo gli ultimi post del signor Wan. All'improvviso, l'involucro del raviolo si è spaccato e il ripieno fuoriesce.

"Ci sono!" Sbatto la mano sul tavolo. Tutti si risvegliano di soprassalto dal loro stato di sonnambulismo.

Tengo il mio telefono sotto il naso di Lao Xu.

Nel suo profilo, il signor Wan ha postato una nuova foto accompagnata dalla seguente didascalia:

Sabato, il quindici del mese secondo il calendario lunare, sulla riva del fiume Wenyu compirò la buona azione buddista di liberare gli animali tenuti in cattività. Acquisterò e libererò lumache di fiume con le loro uova, uccelli, rettili, pesci e altri animali. Con questo gesto di compassione spero che il Buddha benedica tutti quanti così che gli anziani possano vivere a lungo, gli adulti possano avere armonia nelle loro famiglie e i bambini acquisiscano saggezza e salute! Felice Sabato! (Donazioni per contribuire all'acquisto di più animali da liberare sono ben accette: più animali = più karma positivo per tutti! Le donazioni possono essere inviate su questo conto: XXXXXXX. Anche condividere e ripostare questo messaggio vi farà guadagnare benedizioni.)

"Ehm... non mi ero reso conto che fossero così a corto di fondi." Gli occhi di Lao Xu sono grandi come tazze da tè. "Non hanno ancora nemmeno pagato la nostra ultima fattura!"

"Leggi ancora," gli dico. Continuo a scorrere il dito sullo schermo. La *timeline* dinamica del signor Wan è una fusione di notizie high-tech e buddismo pop, un misto di pillole di caffeina concentrata e brodo di pollo per l'anima.

"Mi sa che abbiamo scoperto l'altra sua passione."

"E allora?"

"Pensa a perché ogni giorno così tante persone condividono e inoltrano questi post su come fare buone azioni per acquisire un merito e ottenere la protezione del Buddha. Sono davvero così fedeli? Non credo. Forse impedire che le loro foto non vengano modificate non è una necessità fondamentale per la gente, ma i cinesi apprensivi di oggi sono ossessionati dalla sicurezza personale, specialmente dalla sensazione psicologica del sentirsi al sicuro. Dobbiamo abbinare il prodotto del signor Wan con questa necessità psicologica."

"Sii più preciso!"

"Tutti voi, che genere di post condividereste per sentirvi più sicuri?" chiedo.

"Mantra efficaci!" "Immagini dei buddha!" "Il Compleanno del Buddha, e le altre feste di compleanno!" "Proverbi di maestri famosi!"

"Che tipo di post vi farebbe credere e vi renderebbe disponibili a pagare?"

C'è una pausa mentre tutti nella stanza riflettono sulla mia domanda. Poi una delle ragazze, timidamente, si fa sentire. "Qualcosa che è stato con... consacrato... sì, insomma, quando la luce si è..."

"Bingo!"

Nella stanza cala il silenzio. Lao Xu si alza e, con una faccia da poker, passa dietro di me.

Sento un colpo forte, e un vento freddo mi investe la schiena come se un secchio di ghiaccio mi fosse stato rovesciato nella camicia. La foschia della stanza si dissipa all'istante.

"Adesso siete svegli?" Lao Xu chiude la finestra. "Spiega di nuovo cosa intendi, ma smettila di essere così mistico, cazzo."

Sostengo il suo sguardo e parlo lentamente. "Cerchiamo un monaco famoso e rispettato che consacri questa app – "che vi porti l'illuminazione" – così che ogni immagine che scatterà diventerà un amuleto per allontanare il male. Creeremo un'economia di condivisione delle benedizioni."

Tutti spostano lo sguardo dal telefono a me; io guardo Lao Xu; Lao Xu non dice niente ma guarda il telefono.

Dopo un po' esala un sospiro trattenuto. "Sai, tutti quei *rinpoche* nel distretto di Chaoyang ti faranno la pelle per questo."

Non ho idea di cosa mi aspetta.

10

Mia moglie è una Neo-Luddista.

Un tempo era stata una videogiocatrice incallita. Passava così tanto tempo al computer che i genitori la mandarono a un campo estivo specializzato nel curare la dipendenza da internet. Quell'esperienza provocò un'inversione totale nel suo atteggiamento verso la tecnologia.

Le ho chiesto tante volte cosa fosse successo veramente in quel campo sul Monte della Fenice chiamato "Progetto Nirvana".

Non mi ha mai dato una risposta diretta.

Era questa la differenza filosofica più grande tra noi. Credeva che, nonostante l'aspetto di novità assoluta, l'industria high-tech non fosse affatto diversa dal solito vecchio commercio: entrambi sfruttavano le debolezze di uomini e donne semplici e, sotto il manto di parole come "progresso", "conforto" e "salvezza", manipolavano le loro emozioni. Sia che metteste la mano su una Bibbia o un iPad, alla fine pregavate lo stesso dio.

Diamo alla gente quello che vuole, e basta. Vogliono comodità, gioia, senso di sicurezza. Vogliono migliorarsi, emergere dalla folla. Non possiamo toglierle questi desideri. Era così che le rispondevo sempre.

Oh, per favore! Non prendermi in giro. Stai solo giocando a soddisfare la tua brama di controllo, diceva lei.

Su, da' alla gente un po' di fiducia! Le dicevo. *Abbiamo tutti un cervello. Come può qualcuno "controllare" qualcun altro?*

Ci sono sempre i PNG.

Di che parli?

Personaggi Non Giocanti. E se tutto fosse controllato dietro le quinte da qualche operazione invisibile in background? A quel punto ogni azione che fai influenzerà la logica del gioco. Il sistema reagirà con i PNG e loro continueranno la programmazione prestabilita.

L'ho guardata in faccia come se non l'avessi mai davvero conosciuta. Mi ero persino chiesto se si fosse appena convertita a una qualche nuova religione.

Non ci credi davvero, giusto?

Vado a portare fuori il cane. Non ci dovrebbero essere troppe cacche di cane per strada così presto la mattina.

11

Ogni giorno, quando la campana del tempio suona le cinque, devo alzarmi per spazzare. Pulisco il pavimento di legno della galleria che va dalla nuova biblioteca fino agli scalini di pietra, e poi fino ai cancelli del tempio, dove cresce l'antico albero pagoda, i rami nodosi che si estendono come gli artigli di una bestia rampante.

Se reciterò dolcemente il Surangama Sutra, il Sutra del Loto o il Sutra del Diamante mentre spazzo, dipenderà dal livello d'inquinamento atmosferico del giorno.

Mi fa male la gola quando respiro l'aria inquinata; non mi serve quella distrazione.

Qualunque fedele che venga al tempio per portare offerte capisce che non sono stato davvero chiamato dal Buddha. Come tutti gli altri "discepoli" che si riversano qui nei fine settimana per studiare la dottrina buddista, sono qui per nascondermi dal mondo reale.

In un certo senso non sono così diverso dalle folle di acquirenti del negozio buddista fuori dal tempio di Yonghe che si azzuffano per comprare un "Buddha portatile" elettronico. Portano a casa la scatola, pigiano un bottone, e quella comincia a cantilenare dei sutra. Ogni ora, (o in momenti programmati), la scatola emetterà persino un tranquillo *duannnnng* meditativo, come l'echeggiare della campana in un tempio.

A quanto pare chi la compra è convinto che ciò gli porterà benedizioni e lo ripulirà dal karma negativo. Spesso m'immagino i passeggeri pigiati come sardine nel treno della metro 2 in partenza dalla stazione del tempio, con tutti i loro Buddha in scatola che suonano in armonia all'unisono. Forse il cosiddetto stato *Chan* della mente si riferisce al distacco dalla vita reale di un momento come quello.

E ora che mi devo attenere a una dieta vegetariana buddista, mi manca il ristorante a Beixinqiao dove servono minestra di intestini di maiale fatta con una scorta stagionata che si suppone abbia accumulato sapore per anni.

Ho cancellato il mio numero di cellulare e tutti i miei account sui social media; mia moglie mi ha lasciato ed è tornata nella sua città natale e mi è persino stato dato un nome Dharma: "Chenwu" - "Libero dalla Polvere del Mondo." Voglio solo che quei pazzi non mi trovino mai più.

Ne ho avuto abbastanza.

Tutto è iniziato la notte di quell'assurdo progetto di marketing che sembrava non avere alcun senso. Il signor Wan comprò la mia idea. Di notte chiamò gli ingegneri per sviluppare il nuovo prodotto. Lao Xu preparò il piano e la strategia di marketing. La parte più importante del progetto, ovviamente, venne assegnata a me, l'ideatore.

Dovevo andare a cercare un maestro rispettato che volesse consacrare la nostra app, e infondervi l'illuminazione.

Lao Xu voleva che l'intero procedimento venisse filmato e diffuso online per renderlo virale. Provai con tutte le scuse che mi potessero venire in mente: *la mia famiglia è cristiana da tre generazioni; mia moglie è incinta e non posso entrare in contatto con cibi crudi, pellicce o qualunque cosa abbia a che fare con gli spiriti...*

Lao Xu rispose con una sola frase: *Questa è la tua creatura. Se non vuoi vederla nascere, vattene e non tornare, capito?*

Visitai tutti i templi di Pechino, supplicando e pregando i maestri, e cercai tutti i lama nascosti in solitudine spirituale nei vari angoli e nicchie della città. Ogni volta, tuttavia, anche dopo essere giunti a un accordo sul prezzo, i loro volti si facevano di pietra non appena estraevo la telecamera, e dopo un paio di *Amithaba*, si coprivano la faccia e scappavano via.

Qualche volta provammo a usare telecamere nascoste, ma il misto di fumo d'incenso e scossoni della telecamera rese i risultati inguardabili.

Con l'avvicinarsi della scadenza non riuscivo più a dormire, ma mi giravo e rigiravo tutta la notte. Mia moglie mi chiese cosa stessi facendo.

"Arrotolo l'impasto per i pancake," risposi.

Mi diede un calcio. "Se vuoi farlo, mettiti per terra. Non fare il mattarello a letto. Sto cercando di dormire."

Il calcio riuscì a sbloccare i miei collegamenti neurali intasati. Di colpo, ecco l'ispirazione.

L'app del signor Wan fu messa in vendita regolarmente. Lao Xu, galvanizzato come la sua Land Rover, partì in quarta e ci montò la testa.

Video, nuovi concetti e nuove campagne venivano rilasciati uno dopo l'altro. In breve un video che raffigurava un maestro che consacrava un cellulare divenne virale, e i Buddhagram cominciarono a conquistare Weibo e WeChat. Il numero di download e il livello di interazioni quotidiane aumentarono esponenzialmente come razzi diretti verso le nuvole a velocità di fuga.

Non chiedetemi l'impatto di una tale crescita sul valore del brand a lungo termine; non chiedetemi che cosa significa per i successivi sviluppi e applicazioni della tecnologia di watermarking digitale. Questi sono problemi che aveva dovuto risolvere il signor Wan. Io ero solo lo stratega di una compagnia di marketing di bassa lega che aveva avuto qualche idea strana.

Potevo solo lavorare su problemi che sapevo come risolvere con i miei metodi.

Alla fine, avevamo sottostimato la creatività degli utenti.

Venne fuori che le immagini di Buddhagram, grazie alla presenza del watermark, potevano essere recuperate persino da copie a bassa risoluzione o da frammenti ritagliati. Il che significava che potevano essere condivise e inoltrate senza occupare molta banda o tempo. Cercando di sfruttare la situazione, rilasciammo una serie di nuove pubblicità che proclamavano questo vantaggio appena scoperto.

I download aumentarono di nuovo, ma nessuno si aspettava ciò che accadde dopo.

Cominciò con un'immagine di una mela scattata con Buddhagram. Una settimana dopo l'utente postò una seconda immagine della stessa mela: apparentemente stava marcendo molto più lentamente rispetto ad altre mele.

Poi vennero le varie immagini di animali che avevano miracolosamente riacquistato la salute dopo essere stati fotografati con Buddhagram.

Poi un'anziana signora dichiarò che dopo essersi scattata un Buddhaselfie era riuscita a sopravvivere a un incidente d'auto mortale.

Le voci si moltiplicarono. Ognuna, presa singolarmente, sembrava un assurdo scherzo da pesce d'aprile, ma dietro ogni storia c'era un testimone a giurare che era tutto vero, e il numero di chi ci credeva aumentò come una palla di neve.

I post divennero sempre più strani. Pazienti con cancro terminale postavano selfie dei loro tumori che si rimpicciolivano ogni giorno, coppie che avevano difficoltà ad avere figli si scattavano selfie mentre erano nude e arrivava la gravidanza; operai immigrati si facevano selfie di gruppo e vincevano la lotteria. Quel genere di notizie che ci si aspetterebbe di trovare sui quotidiani della metro riempivano ogni social media. Tutte le immagini avevano il watermark di Buddhagram, e tutti noi credevamo che fossero *astroturfer* assunti dalla ditta.

Ci sbagliavamo.

A quanto pare il telefono del signor Wan aveva squillato senza sosta con chiamate da parte di investitori interessati. Oltre a chiedere la possibilità di investire, la domanda più frequente era: *chi è il maestro che ha portato l'illuminazione sull'app?*

La logica era semplice: se un'app consacrata aveva tali effetti magici, allora chiedere al monaco in persona di celebrare qualche rito avrebbe di certo portato a miracoli sconvolgenti. Gli investitori ci avevano pensato, e anche milioni e milioni di utenti.

In quest'epoca, la verità era rara quanto la virtù. Ancora più tragicamente, una volta messe di fronte alla verità, molte persone preferivano dubitarne in quanto erano più propense a credere al miraggio di una verità creata dalle loro stesse menti.

Ben presto i miei contatti trapelarono. Email, telefono, messaggi... tutti mi gridavano la stessa domanda: *Chi è il maestro?*

Io mi rifiutavo di rispondere. Sapevo che lo avrebbero scoperto prima o poi.

Cercarono tramite crowdsourcing, e alla fine riuscirono a localizzare il maestro e i discepoli del video virale – un gruppo di attori che il mio amico aveva scovato per me tra una folla di comparse che si erano radunate agli Hengdian World Studios nella speranza di ottenere un ruolo. Avrebbero dovuto recitare la parte dei sudditi durante la Dinastia Quing, il che significava che avevano già la testa rasata – proprio come monaci buddisti. Ciò aveva reso le negoziazioni piuttosto facili.

Le comparse che coltivavano il sogno di sfondare nel cinema erano state particolarmente diligenti, e il capo aveva persino discusso con il truccatore sul posizionamento corretto delle bruciature sulla testa che indicavano lo status di monaco. A vedere la scena, mi ero preoccupato.

Erano tutte brave persone. La colpa era solo mia.

I poveri attori, rintracciati dal "motore di ricerca di carne umana", non potevano più vivere in pace. I navigatori della rete, furiosi, perseguitarono loro e le loro famiglie usando frasi ingiuriose, costringendoli ad ammettere ciò che era ovviamente vero: erano solo comparse pagate dall'azienda per interpretare il maestro e i suoi discepoli.

Tuttavia la gente non era della mia stessa opinione: continuavano a credere che la mia azienda – o, più precisamente, io – stessimo tenendo nascosto il vero maestro. Per avidità o egoismo, mi rifiutavo di rendere pubblica la sua identità impedendo a tutti di trarre beneficio dai suoi poteri.

Non era proprio così.

Lao Xu chiuse temporaneamente l'azienda. Ogni giorno, gruppi di donne di mezza età si radunavano ai piedi del palazzo, reggendo manifesti di protesta. Noi avremmo anche potuto sopportare la pressione, ma l'amministratore dell'edificio no. Lao Xu diede a tutti noi ferie pagate, con l'auspicio che la tempesta sarebbe cessata presto. Mi disse gentilmente che avrei fatto meglio a lasciare la città e tornare a casa dei miei genitori per alcuni giorni. Era solo questione di tempo prima che uno degli utenti – un malato terminale – si presentasse alla mia porta con la famiglia, supplicando di dargli il contatto WeChat del maestro.

Mi resi conto che Lao Xu aveva ragione. Non potevo mettere a rischio la mia famiglia.

Così, dopo aver sistemato gli affari, sono venuto in questo antico tempio per spazzarne i pavimenti.

La campana suona nove volte, a indicare la fine delle lezioni mattutine. Il personale del tempio, me incluso, prende posizione. Oggi il tempio è aperto al pubblico e l'abate, il Maestro Deta, incontrerà un gruppo di fedeli VIP dell'industria di internet e condurrà un seminario per discutere i collegamenti tra la dottrina buddista e il web.

Mi è stato assegnato il compito di consegnare i cartellini ai visitatori. Sulla lista dei VIP vedo più di un nome familiare, incluso il signor Wan.

Anche se ci sono trentotto gradi, indosso la mascherina di cotone. Il sudore mi cola addosso come se fossi zuppo di pioggia.

100

I fedeli, vestiti ora con tuniche e calzature gialle riservate di norma ai monaci, sfilano uno dopo l'altro, con i cartellini colorati che ondeggiano dalle cordicelle sul petto. Per un attimo provo l'illusione di essere tornato alla vecchia vita di pochi mesi fa: il China National Convention Center, il JW Marriott di Pechino, 798 D Park... O ero in riunione o andavo a una riunione, offrivo il biglietto da visita, aggiungevo i contatti WeChat della gente, mi intortavo i clienti, descrivevo visioni incredibili, arricchivo i miei discorsi con parole chiave dell'"Internet-pensiero" – come una sorta di versione aggiornata di una Guardia Rossa aggrappata al suo fido Libretto Rosso.

Le facce davanti a me sono ancora le stesse, ma adesso dai cartellini sono stati rimossi i titoli accattivanti: "CXO", "Co-Fondatore", e "Vice Presidente del Settore Investimenti" sono stati sostituiti con "Padrone di casa", "Credente" e "Benefattore". Almeno per il momento, hanno ritirato la loro tipica arroganza e le pance sporgenti. Prendono posto mormorando dei mantra e in cambio di un biglietto numerato consegnano devotamente cellulari, iPad, Google Glasses, bracciali intelligenti e così via ai novizi in attesa.

Vedo il signor Wan. La sua faccia sembra pallida e magra, ma il suo sguardo è fermo e il passo leggero. Unisce con delicatezza i palmi delle mani e s'inchina verso gli ospiti che lo affiancano, senza mostrare traccia della sua tipica personalità dominante. Quando mi passa davanti, io abbasso la testa, e lui fa lo stesso in risposta al mio saluto.

In questi mesi devono essere successe parecchie cose.

A quanto pare, il Maestro Deta un tempo era stato uno studente promettente della Facoltà di Scienze Informatiche dell'università di Tsinghua. Tuttavia, in seguito alla sua illuminazione, aveva rinunciato alle offerte di studio a Stanford,

Yale, Berkeley e altre università della Ivy League, aveva preso i voti ed era diventato monaco. Con lui come esempio, un gruppo di altri laureati a college d'élite si era unito al nostro tempio e aveva iniziato a diffondere gli insegnamenti del buddismo online, portando sollievo a tutti i mortali grazie a metodi consoni all'era di internet.

Il seminario del maestro oggi tratta di vari argomenti – così tanti che a malapena ne ricordo qualcuno. Vedo il signor Wan in una posa devota che annuisce di frequente. Quando il maestro espone come le tecniche sui big data potrebbero essere impiegate per scovare le nuove reincarnazioni dei *tulku*, i suoi occhi si fanno addirittura lucidi.

Cerco di nascondermi alla sua vista, ma allo stesso tempo non riesco a sopprimere l'impulso di andare da lui e chiedergli se la tempesta è finalmente cessata. Non mi manca la vecchia vita, però mi manca la mia famiglia.

Qui, solo i monaci che hanno raggiunto un certo status hanno diritto a usare internet.

Gli strati di rami verdi dell'antico bosco di cipressi ci separano dal frastuono e dalla polvere del mondo secolare come un firewall. La mia vita quotidiana, tuttavia, non è affatto noiosa: spazzare, lavorare, cantilenare, dibattere e copiare. Senza l'intralcio dei beni materiali, ho dormito bene per la prima volta da anni, e non vivo più con il timore costante di vibrazioni improvvise del telefono – anche se a volte il mio quadricipite destro ancora soffre di contrazioni fantasma. Ma il mio maestro dice che se conto le perle del rosario – tutt'e mille e ottocento – ogni giorno per centoottanta giorni, sarò pienamente guarito.

Credo che sia perché vogliamo troppo, più di quanto i nostri corpi e le nostre menti possano sopportare.

Il mio vecchio lavoro consisteva nella creazione di bisogni, nell'incoraggiare la gente a occuparsi di cose che non servivano alle loro vite, e poi usavo i soldi che mi venivano dati in cambio per comprare illusioni che altri avevano creato per me. Giro dopo giro, non sembravamo stancarci mai del gioco.

Penso alle parole di mia moglie: *Suo figlio è così smidollato che è come avere un bimbo piccolo.* Cazzo, sono persino più inutile di un bimbo.

Questo è il mio peccato, il mio karma negativo, il blocco che devo eliminare per progredire.

Comincio a capire il signor Wan.

Dopo il seminario, lui e gli altri circondano il Maestro Deta, a quanto pare perché hanno molte domande che necessitano della sua intuizione. Il Maestro Deta mi fa un cenno. Mi faccio forza e m'incammino.

"Potresti accompagnare questi onorevoli ospiti nella stanza da meditazione numero tre? Sarò lì a breve."

Annuisco e guido il gruppo verso la stanza sul retro riservata ai VIP.

Chiedo loro di sedersi e verso il tè a tutti. Annuiscono e sorridono a vicenda, ma la loro conversazione si limita ad argomenti superficiali. Immagino siano concorrenti, fuori dal tempio.

Il signor Wan non mi guarda direttamente. Sorseggia il tè e chiude gli occhi, meditando. Le sue labbra si muovono mentre recita in silenzio un mantra, e le mani sono occupate da un rosario di legno di rosa. Dopo che ha completato quarantanove rosari, non riesco più a trattenermi. Mi avvicino, mi chino e gli sussurro nell'orecchio: "Si ricorda di me?"

Il signor Wan apre gli occhi e mi studia per mezzo minuto. "Lei è Zhou…"

"Zhou Chongbo. Ha una memoria eccellente, signore."

Il signor Wan fa una smorfia e si fionda su di me, mi stringe il rosario attorno al collo e mi spinge sul pavimento.

"Idiota! Coglione!" Bestemmia e mi colpisce. I due ospiti accanto a lui si alzano, esterrefatti, ma non osano intervenire. Mormorano: "Amitabha. Amitabha."

Mi proteggo la faccia con le mani, ma non so cosa dire. "Pietà!" Grido. "Pietà!"

"Basta!" Tuonà la voce del Maestro Deta. "Questo è un luogo sacro! La violenza qui non entra."

Il pugno del signor Wan, sospeso a mezz'aria, si ferma. Lui mi fissa, e all'improvviso delle lacrime compaiono sui suoi occhi e mi cadono sulla faccia, come se fosse lui la parte lesa.

"Tutto... ho perso tutto..." sussurra. Poi torna a sedersi.

Mi alzo. Immagino che chi ha perso tutto non possa colpire così forte. Non sento nessun dolore.

"Amitabha." Unisco i palmi e m'inchino di fronte a lui. So che non si sente molto meglio di me. Proprio mentre sto per lasciare la stanza da meditazione, l'abate mi ferma, e mi colpisce con la ferula: due volte sulla spalla sinistra, una sulla destra.

"Non parlare con gli altri di quanto accaduto oggi. Hai ancora troppa arroganza terrena dentro di te e non puoi occuparti di compiti importanti. Devi studiare con più impegno e riflettere sulle tue azioni."

Sono sul punto di ribattere ma poi mi rammento del tempo in cui tolleravo cose ben peggiori da parte di Lao Xu e del signor Wan. Di fatto, il Maestro Deta è l'Amministratore Delegato del tempio. Devo inghiottire l'orgoglio.

Faccio un inchino e me ne vado.

Mi appoggio al muro della galleria e osservo il bosco al tramonto. Lo smog luccica sulla città come gli strati sovrapposti di un sari. La campana del tempio batte l'ora e degli uccelli spaventati si alzano in volo.

Un pensiero si accende nella mia mente. Mi ricordo di come un tempo il maestro Subhuti colpì la Scimmia per tre volte sulla testa con una ferula e poi se ne andò via con le mani dietro la schiena, il che era un messaggio per la Scimmia affinché andasse alla porta sul retro della stanza del maestro all'ora della terza guardia per delle lezioni speciali.

Ma come dovrei interpretare due colpi sulla spalla sinistra e uno sulla destra?

101

Verso le nove di sera – quando cioè, secondo l'antico sistema di misurazione del tempo, il primo turno di guardia volge al secondo – mi dirigo verso le stanze dell'abate passando per il bosco. Il mio percorso tra gli alberi oscuri è accompagnato solo dal sussurro gentile dei pini, senza nemmeno un cinguettio d'uccello.

Busso due volte, e poi una. Qualcuno sembra muoversi all'interno. Busso di nuovo. La porta si apre automaticamente.

L'abate Deta siede dando la schiena alla porta. Davanti a lui c'è uno schermo enorme, tutto nero. Mi sembra di udire il ronzio a bassa frequenza di apparecchiature elettroniche. Lui sospira con veemenza.

"Maestro! Il tuo studente è qui!" Mi butto sulle ginocchia, pronto a prostrarmi nel *kowtow*.

"Credo tu abbia letto *Viaggio in Occidente* troppe volte." L'abate si alza, e mi accorgo che la sua non è un'espressione di gioia. "Ti avevo detto di venire un minuto dopo le dieci."

Mi mancano le parole. A quanto pare il maestro stava usando il sistema binario.

Mi sbrigo a nascondere il mio imbarazzo. "Ehm... oggi pomeriggio..."

"Non era colpa tua; so cosa è successo. Non appena hai messo piede in questo tempio ho saputo tutto di te."

"...e allora perché mi ha accettato?"

"Anche se il tuo cuore non era diretto verso il Buddha, in te c'è la radice della saggezza. Se non ti avessi preso, temo che avresti cercato rifugio nel suicidio."

"Di certo, il maestro è misericordioso." Sono ancora del tutto smarrito.

"So che non capisci."

Il Maestro Deta non è poi così vecchio. Ha malapena quarant'anni. Quando ride con gli occhiali sul naso sembra un professore universitario.

"Maestro, perdoni il suo stolto allievo. La prego di illuminarmi."

Il Maestro Deta fa un cenno con la mano. L'enorme schermo si accende, controllato in apparenza dai movimenti del corpo. L'immagine sullo schermo è difficile da descrivere: un gigantesco ovale schiacciato, il cui sfondo è di varie sfumature di blu e tempestato di zone irregolari di puntini rosso-arancio. O forse è il contrario. L'immagine mi sembra una versione a colori alterati della mappa topografica di un pianeta, o magari un vetrino pieno di muffa che si moltiplica osservato attraverso un microscopio.

"Che cos'è?"

"L'universo. O, più precisamente, la radiazione cosmica di fondo. Questa è l'immagine dell'universo circa 380.000 anni dopo il Big Bang. Quella che vedi è la fotografia più dettagliata che abbiamo finora." La sua ammirazione entusiasta contrasta in maniera netta con i suoi umili abiti da monaco.

"Uhm..."

"È stata elaborata mediante calcoli basati sui dati raccolti dal telescopio spaziale Planck dell'Agenzia Spaziale Europea. Guarda qui, e qui – vedi come lo schema è un po' strano?"

Oltre alle chiazze di muffa rosso-arancio o cobalto, non vedo cosa ci sia di così speciale.

"Sta dicendo che... mmh... il Buddha non esiste?" Domando incerto.

"Il Buddha insegna che il grande *trichiliocosmo* è fatto da un miliardo di mondi." Mi fissa come a costringermi a ritrattare le mie parole. "Questa immagine prova che un tempo esistevano più universi. Dopo tanti anni di tentativi, l'umanità ha provato alla fine, tramite la tecnologia, la cosmologia buddista."

Avrei dovuto accorgermi che sarebbe successo. L'abate è esattamente come quelli di Zhongguancun e i loro sistemi piramidali – qualunque cosa, non importa quanto priva di nesso, può essere considerata come una prova schiacciate del loro punto di vista. Cerco di immaginarmi come un cristiano interpreterebbe quest'immagine.

"Amitabha." Unisco i palmi in segno di devozione.

"La domanda è: perché il Buddha ha scelto di rivelare ora la verità a tutto il genere umano?"

Parla lentamente e con enfasi. "Mi sono posto questa domanda per molto tempo, ma poi ho visto il tuo progetto."

"Buddhagram?"

Il Maestro Deta annuisce. "Non posso dire di approvare i tuoi metodi. Tuttavia, poiché alla fine sei giunto qui, significa che le mie intuizioni erano corrette."

Sudore freddo scorre lungo la mia schiena, non diversamente da quella notte quasi irreale di tanto tempo fa.

"Questo mondo non è più lo stesso rispetto alla sua forma originale. In altre parole: il suo creatore, il Buddha, Dio, una Divinità – non importa che nome gli dai, ha cambiato le regole di funzionamento del mondo. Credi davvero che sia stata la consacrazione a permettere a Buddhagram di fare miracoli?

Trattengo il fiato.

"Immagina che l'universo sia un programma. Ogni cosa che vediamo è il risultato del codice eseguibile dalla macchina. Ma la radiazione cosmica di fondo può essere considerata come la registrazione di una specie di versione precedente del codice sorgente. Possiamo appellarci a questo codice tramite elaborazione, il che significa che possiamo anche usare processi algoritmici per cambiare la versione del codice attualmente in uso."

"Vuol dire che l'algoritmo del signor Wan ha causato tutto questo?"

"Non oso saltare a conclusioni. Ma se dovessi farlo, direi di sì."

"Sono alquanto ignorante in fatto di scienza, maestro. La prego di non prendersi gioco di me."

"Amitabha. Sono un Buddhista-Tecnologista. Credo nelle parole di Arthur C. Clarke: 'Ogni tecnologia sufficientemente avanzata è indistinguibile, a prima vista, dalla magia buddhista."

So che c'è qualcosa che non va, ma non so come replicare. "Ma... quel progetto è fallito. Guardi in che triste stato è ridotto il signor Wan. Non credo di avere più nulla a che fare con questa storia."

"Cosa non è reale? Ciò che possiede una forma.
Il Tathagata verrà visto
Quando la mente progredisce dalla forma passata."

"Maestro, la prego di farmi lasciare il tempio per tornare al mondo terreno. Mi manca mia moglie." Un terrore innominabile mi cattura d'improvviso, come un pozzo senza fondo che fuoriesce dallo schermo sulla parete e cerca di risucchiarmi.

Il Maestro Deta sospira e sorride sarcastico, come avesse previsto tutto ciò da tempo.

"Speravo che studiando con me la dottrina buddhista ti saresti calmato a sufficienza da restare qui e aspettare la catastrofe. Però... tu e io siamo entrambi prigionieri della ruota del samsara, quindi come possiamo sfuggire ai nostri destini? E sia. Prendi questo come ricordo del nostro tempo assieme."

Mi passa un santino dorato del Buddha. Sul retro c'è un numero verde, il numero di un conto VIP e un codice di sicurezza.

"Maestro, cos'è?"

"Non perderlo! Il valore commerciale di questo santino è 8888 yuan. Se succede qualcosa, puoi chiamarmi."

Il Maestro Deta si gira e fa un cenno con la mano, e l'immagine a chiazze sullo schermo viene sostituita dalla normale programmazione TV. Un fisico quantistico americano è stato ucciso con un colpo d'arma da fuoco. Stranamente, l'assassino afferma essersi trattato di un incidente perché credeva che la vittima fosse qualcun altro.

<h2 style="text-align:center">110</h2>

Passano sei mesi. Incontro Lao Xu a Guanji Chiba, un ristorante famoso con barbecue a Zhongguancun.

Lao Xu non è cambiato molto. È ancora patologicamente innamorato dei rognoni di agnello al barbecue. Da bravo stereotipo del nord-est, dopo alcune bottiglie di birra, la faccia luccicante di grasso e scossa dall'emozione, Lao Xu comincia a dire quello che gli passa davvero per la testa.

"Chongbo, perché non torni a lavorare con me? Sai che ti tratterò bene."

Lao Xu mi racconta animatamente cosa sta combinando, mentre sputa goccioline di saliva tra la nebbia fumosa. Dopo essersi nascosto e riposato a casa per un po', un'altra telefonata l'aveva fatto ritornare nel mondo dell'informatica. Stavolta non aveva fondato un'agenzia di marketing senza futuro, ma era diventato un business angel. Grazie a tutti i contatti che si era fatto tra gli imprenditori, adesso spende i soldi degli altri: rapido ed efficace.

Crede che io abbia un potenziale.

Cambio argomento. "Che mi dici del signor Wan?"

Mia moglie ha appena scoperto di essere incinta. Anche se il mio lavoro attuale è noioso, è stabile. Lao Xu, invece, non lo è.

"Non lo sento da un po'..." I suoi occhi si annebbiano e aspira una lunga boccata dalla sigaretta. "La sorte è così mutevole. Prima, quando Buddhagram andava alla grande, tante aziende volevano investire. Addirittura, una società americana voleva discutere dell'acquisto dell'intera azienda. Ma all'ultimo minuto è comparso un americano che diceva che l'algoritmo principale di Y era stato rubato a uno dei suoi colleghi di laboratorio durante il dottorato. L'americano ha fatto causa, e non voleva proprio saperne di mollare. Allora hanno dovuto sospendere temporaneamente i brevetti. Tutti gli investitori sono spariti come foglie al vento, e Lao Wan ha dovuto vendere tutto quello che aveva... e alla fine, non era ancora abbastanza."

Vuoto la mia tazza.

"Non è stata colpa tua," dice Lao Xu. "Onestamente, se non ti fosse venuta quell'idea, scommetto che Lao Wan sarebbe andato fallito anche prima."

"Ma se non avessero fatto Buddhagram, forse gli americani non avrebbero scoperto l'algoritmo rubato."

"Alla fine ho capito. Se quello che è successo non fosse accaduto, ci sarebbe stato qualcos'altro. Questo è il senso del fato. Dopo ho saputo che il collega di laboratorio che Y aveva derubato è stato ucciso a colpi di pistola in America. E così adesso la questione dei brevetti è in un limbo."

La voce di Lao Xu pare farsi monotona mentre il tempo resta immobile. Il mio sguardo penetra il minuscolo spiraglio tra le sue dita che reggono la sigaretta, e lo sfondo dei clienti del ristorante che rumoreggiano, fumano, gridano e bevono svanisce in lontananza. Mi viene in mente qualcosa,

qualcosa di così importante che ero riuscito a dimenticarlo completamente fino ad ora.

Credevo fosse tutto finito, e invece è solo l'inizio.

Dopo aver salutato Lao Xu ritorno a casa e inizio la ricerca, rivoltando la casa da cima a fondo. Mia moglie, il pancione in vista, mi chiede se ho bevuto troppo.

"Hai visto un santino dorato con un'immagine del Buddha sopra?" Le chiedo. "C'è un numero verde sul retro."

Mi guarda con pietà, come se vedesse un husky siberiano abbandonato, una razza nota per la sua stupidità e difficoltà nell'addestramento. Si gira per continuare i suoi esercizi di yoga in gravidanza.

Alla fine lo trovo, infilato in una rivista di moda in bagno. La pagina che apro mostra l'immagine di un'attricetta nuda e ricoperta di vaselina, stesa in mezzo a un mucchio di apparecchi elettronici. Ogni schermo riflette una parte del suo corpo luccicante.

Compongo il numero, digito le cifre dell'account VIP e il codice di sicurezza. Risponde una voce familiare dall'aria vagamente stanca.

"Maestro Deta, sono io! Chenwu!"

"Chi?"

"Chenwu! Al secolo Zhou Chongbo! Ricorda come mi ha colpito la spalla tre volte e mi ha detto di andare nella sua stanza alle dieci-e-uno per vedere l'immagine della radiazione cosmica di fondo?

"Ehm... lo fai sembrare così assurdo. Sì, mi ricordo di te. Come va?"

"Aveva ragione! Il problema è nell'algoritmo!" Faccio un respiro profondo, gli racconto la storia alla svelta e gli dico le mie intuizioni. Qualcuno si sta davvero impegnando per impedire che questo algoritmo venga diffuso, fino al punto di uccidere la gente.

L'auricolare del telefono resta silenzioso per molto tempo, e poi sento un altro lungo sospiro.

"Ancora non capisci. Giochi ai videogiochi?"

"Molto tempo fa. Intende quelli da sala giochi, portatili o su console?"

"È lo stesso. Se il tuo personaggio attacca un boss, di solito l'algoritmo di gioco richiama tutte le forze disponibili in sua difesa, giusto?

"Vuole dire i PNG?"

"Esatto."

"Ma io non ho fatto niente! Tutto quello che ho fatto è stato consigliare uno stupido piano di marketing, cazzo!"

"Mi hai frainteso." La voce del Maestro Deta si fa bassa e severa, come se fosse sul punto di perdere la pazienza. "Tu non sei il giocatore che sta attaccando il boss. Tu sei solo un PNG."

"Aspetti un attimo! Sta dicendo che..." Di colpo i miei pensieri si accavallano e rallentano, come una ciotola di porridge di riso appiccicoso.

"So che è difficile da accettare, ma è la verità. Qualcuno, o forse qualche gruppo, ha fatto cose che minacciano l'intero programma – la stabilità del nostro universo. E così il sistema, seguendo processi prestabiliti, ha richiamato i PNG allo scopo di eseguire i suoi ordini per eliminare la minaccia e mantenere l'attuale struttura dell'universo."

"Ma io ho fatto tutto quanto da solo! Volevo solo fare il mio lavoro e guadagnarmi da vivere. Credevo di dargli una mano."

"Tutti i PNG la pensano così."

"Allora che cosa dovrei fare? Lao Xu vuole che vada a lavorare per lui. Come faccio a sapere se... mi sta ascoltando?"

Sento strani rumori provenire dall'auricolare, come se mille zampette di insetto stessero grattando nel microfono.

"Quando sei confuso... shhh... il maestro aiuta... Illumina-to...shhh... aiuta te stesso. Tutto quello che devi fare... shhh...

solo questo... shhh. Siamo spiacenti, il credito del suo conto VIP è insufficiente. La preghiamo di effettuare una ricarica e richiamare. Siamo spiacenti."

"Cazzo!" Metto giù il telefono, arrabbiato.

"Che ti prende? Urlare in quel modo... Se mi fai prendere uno spavento e mi causi un aborto, ti assumi tu la responsabilità?" La voce di mia moglie mi arriva lentamente dalla camera da letto.

In tre secondi, faccio ordine tra i pensieri e decido di raccontarle tutto quanto. Ovviamente, devo limitarmi alle parti che può capire.

"Dì a Lao Xu che tua moglie si preoccupa di avere un karma positivo per il bambino. Non vuole che lo segui e continui a fare un lavoro immorale."

Sto per rispondere quando il telefono squilla di nuovo. Lao Xu.

"Ti sei deciso? Il laboratorio quantistico della USTC sta facendo enormi progressi! I loro computer stanno affrontando adesso il problema di completezza NP. Quando avranno provato che $P = NP$, lo capisci che significherà?"

Guardo mia moglie. Lei si mette un palmo della mano contro la gola, fa il gesto di tagliarla, e poi tira fuori la lingua.

"Pronto? Ci sei? Lo sai cosa significa..." Chiudo la comunicazione, e la voce di Lao Xu mi risuona nell'orecchio.

Ogni programma ha dei bug. In questo universo, sono ragionevolmente sicuro che mia moglie sia uno di quelli. Forse il più pericoloso.

111

Ricordo ancora il giorno in cui è nato Lailai: la pelle rosea e tutto il corpo che sapeva di latte. Il bambino più bello che abbia mai visto.

Mia moglie, ancora debole per via del travaglio, mi aveva chiesto di immaginare un bel nome. Io accettai, anche se in realtà pensavo: *non fa differenza come lo chiamiamo.*

Non sono un eroe. Sono solo un PNG. A dire il vero, non ho mai creduto che tutto questo fosse colpa mia. Non sono andato da Lao Xu; non mi è venuta nessuna idea così ignobile da far fallire l'intero progetto; né ho impedito a quello stupido computer quantistico di dimostrare che P = NP, ancora adesso non ho idea di cosa cazzo voglia dire.

Se questa è la ragione per cui l'universo sta collassando, allora posso solo dire che il Programmatore è un incapace. Perché pentirsi di distruggere un mondo così schifoso?

Ma ho in braccio il mio bimbo, il suo piccolo pugno racchiuso nella mia mano, e tutto ciò che voglio è che il tempo si fermi per sempre, adesso.

Mi pento di tutto ciò che ho fatto, o forse di ciò che non ho fatto.

In questi ultimi minuti, mi ritorna in mente una scena di tanto tempo fa: quel tipo con addosso un cappotto militare sul cavalcavia.

Fissa me e mia moglie, e come una macchinetta inceppata, dice "Lo sciame di meteoriti delle Quadrantidi sarà visibile il 4 gennaio. Non perdetelo..."

Nessuno si perderà questa grande cerimonia che ci manderà offline.

Gioco con mio figlio, cercando di farlo ridere o di fargli fare qualche altra espressione. Di colpo vedo un riflesso nei suoi occhi, che aumenta rapidamente.

È la luce che arriva da dietro di me.

Davanti ai miei occhi ci sono due pugni e la luce forte del sole si riflette dal dorso delle mani.

"Destra o sinistra?"

Vedo me stesso allungare il mio dito da bambino, esitare, e indicare quello di destra. Il pugno si apre, vuoto.

I pugni scompaiono e riappaiono.

"Ancora una possibilità. Destra o sinistra?"

Indico quello di destra.

"Sicuro? Vuoi cambiare idea?"

Il mio dito esita in aria, ondeggiando a sinistra, poi a destra, come un pesce che nuota.

"Hai deciso? Tre... due... uno."

Il mio dito si ferma sulla sinistra.

Il pugno gira e si apre. A parte la luce forte del sole, la mano è vuota.

Un sogno?

Apro gli occhi. Il sole è abbagliante, bianco, e mi fa male agli occhi. Mi sono appisolato in questo cortile Naxi[1] per chissà quanto tempo. Era da tanto che non mi sentivo così a mio agio.

Cazzo, il cielo è davvero azzurro. Mi stiro finché le ossa non scrocchiano.

Dopo dieci anni, qui è cambiato tutto. L'unica cosa che è rimasta la stessa è il colore del cielo.

---

1 I Naxi sono un gruppo etnico che vive in una zona della Cina sudoccidentale. Lijiang, nella provincia dello Yunnan, è un centro di cultura Naxi.

Lijiang[2], sono tornato. Questa volta sono un uomo malato.

Ventiquattro ore fa avevo una moltitudine di identità: automa da ufficio con una rigida routine, proprietario di una Ford grigia, futuro proprietario di un appartamento ammuffito infilato in una piega nascosta della città, parassita pieno di debiti, ecc.

Ora sono solo un paziente, un paziente che necessità di riabilitazione.

Tutta colpa di quella maledetta visita medica obbligatoria. Sull'ultima pagina del referto c'erano le parole: DPNF II (Disturbo Psicogenico Neuro-Funzionale II). Tradotto in parole normali che la gente possa capire, dicono che sono incasinato e devo staccare per due settimane per andare in riabilitazione.

Ero arrossito, e avevo chiesto al mio capo se potevo essere esentato. *Sentivo* gli sguardi di tutti ardere sulla mia nuca. *Schadenfreude*. Erano felici che il "cagnolino del capo" si dimostrasse umano dopotutto, con la mente debole, che crolla sotto lo stress.

Rabbrividii. Eccovi la vita da ufficio.

Il capo parlava lento, metodico: "Credi che lo voglia? Devo pagarla io la tua vacanza obbligatoria! Nelle altre aziende la gente non va in riabilitazione nemmeno se ne ha bisogno. Ma la nuova legge sul lavoro ci costringe a farlo. Siamo un'azienda globalizzata, con tutti i crismi e dobbiamo dare il buon esempio... E poi, se peggiori, la tua malattia diventerà una neuro-sifilide e ci infetterà tutti quanti. Meglio che vai adesso, no?"

Imbarazzato, ho lasciato l'ufficio del capo e svuotato la mia scrivania. Ho ignorato gli sguardi. *Guardate pure,*

2 La regione del Lijiang è famosa per la bellezza purissima del Monte Innevato del Drago di Giada e per la torre vecchia di Lijiang, un'antica città di canali e ponti, patrimonio mondiale dell'umanità dell'UNESCO

stronzi neurosifilitici. Tra due settimane sarò di nuovo qui e vedremo chi diventerà assistant manager a fine anno.

Sull'aereo ascoltavo le persone russare intorno a me, incapace di addormentarmi. Era da più di un mese che avevo problemi di insonnia. In realtà, avevo parecchi problemi: mal di stomaco, amnesie, emicrania, stanchezza, depressione, calo della libido... forse era davvero arrivato il momento di riposare un po'.

Sfogliai la rivista di volo: le immagini delle attrazioni turistiche di Lijiang erano così belle che sembravano quasi finte.

Dieci anni fa, non avevo niente e nessuna preoccupazione. Dieci anni fa, Lijiang era un paradiso per coloro che volevano esiliarsi dalla civiltà. (O, per dirla in maniera meno pretenziosa, era dove i giovani che si definivano "artisti" andavano a letto tra di loro.) Dieci anni fa, portavo sulla schiena tutto quello che possedevo (avevo ancora qualche muscolo all'epoca). Una mappa della città vecchia in tasca, me ne andavo in giro da mattina a sera, chiacchieravo con ogni ragazza sola e mi addormentavo in compagnia di musica e alcol.

Ora sono tornato. Ho una macchina, una casa – tutto ciò che un uomo dovrebbe avere, disfuzione erettile e insonnia incluse. Se la felicità e il tempo sono i due assi di un grafico, temo che la curva della mia vita abbia già passato l'apice e stia inesorabilmente scendendo verso il basso.

Rimango immobile, senza pensare a niente. La luce del sole passa dalla cima delle alte mura fino al cortile che profuma di mogano cinese. Non so quanto tempo sia passato. Il personale del centro di riabilitazione mi ha tolto l'orologio, il cellulare e ogni altro dispositivo in grado di misurare il tempo.

La città vecchia non ha né computer né televisori. Però alcuni abitanti hanno deciso di affittarsi la superficie di petto e fronte. Piccoli monitor LCD sono impiantati nella loro pelle e mostrano ogni tipo di pubblicità, ventiquattro ore al giorno. Come dicevo, non è più la Lijiang di una volta.

Stranamente, il mio desiderio di guarire il prima possibile così da poter tornare in ufficio sta svanendo alla luce del sole, come il profumo del mogano cinese.

Lo stomaco mi brontola. Decido di andare a cercare qualcosa da mangiare. Lo stomaco sembra l'unico modo che mi è rimasto di misurare il tempo – ah, c'è anche la vescica e le luci che si muovono in cielo.

Ci sono pochi pedoni sulla strada di ardesia – questa parte della città è riservata ai pazienti in riabilitazione. Però ci *sono* molti cani randagi: grassi, magri, di tutti i tipi.

Ho sentito una barzelletta in aereo. I colpevoli di gravi crimini finanziari, in aggiunta alla pena di morte e all'ergastolo, ora possono essere condannati a un terzo tipo di pena: diventare cavia per esperimenti di trasferimento di coscienza a Lijiang in modo da venir trasformati in cani. Di norma, nessuno si offre volontario, visto che questi esperimenti falliscono spesso. Ma l'idea di vivere a Lijiang attrae così tanto – anche in forma di cane – che molti hanno accettato l'offerta.

A vedere come questi cani sono così servili con le belle ragazze e così nervosi con i poliziotti della città, penso quasi che la barzelletta sia un reportage.

Finisco una ciotola di pollo alla soia, trovo un bar e mi siedo a bere una tazza di caffè nero. Sfoglio qualche libro che ho sempre voluto leggere (e che non finirò mai) e penso al "senso della vita".

È così che si guarisce? Senza nessuna terapia fisica, medicine, dieta speciale, yoga, dinamiche yin-yang o ogni altro tipo di aiuto professionale? È questo il significato dello slogan che è attaccato dovunque nel centro di riabilitazione: "Menti Sane, Corpi Felici"?

Devo ammetterlo: ho un ottimo appetito, dormo bene, mi sento rilassato, sto persino meglio di dieci anni fa.

Anche il naso, che è rimasto otturato per settimane, ora percepisce il profumo dei potpurri in un bar. *Ferma. Potpourri?*

Sollevo la testa. Una ragazza con un vestito verde scuro siede davanti a me, tiene in mano un drink che emana un profumo delizioso e mi guarda con un gran sorriso in volto. È come essere nel trailer di un film francese, mi viene da pensare, o forse in un sogno romantico o spaventoso.

"Quindi sei nel marketing?"

Io e la donna stiamo passeggiando nella luce del tramonto. La strada lastricata in pietra è immersa in un luccichio dorato. Dai bar provengono profumi deliziosi.

"Proprio così. Si potrebbe anche dire che mi occupo. E tu? Impiegata? Amministrazione pubblica? Poliziotta? Insegnante?" Poi aggiungo un pizzico di adulazione. "Attrice?"

"Ah! Prova a indovinare." Sembra divertita dal mio tono scherzoso. "Sono un'infermiera, reparti di terapia speciale. Sorpreso?"

"Quindi anche le infermiere si ammalano e hanno bisogno di riabilitazione."

Dopo cena, andiamo in un bar. Lei è delusa dal peggioramento nella qualità dei servizi a Lijiang. "Che è successo a tutti quei tipi simpatici che gestivano questo posto?"

Da uno dei camerieri scopriamo che il luogo è ora di proprietà delle Lijiang Industries (codice di negoziazione # 203845) con il sostegno di vari ricchi conglomerati. I proprietari di qui che lei conosceva hanno dovuto vendere perché non potevano più permettersi di gestire il posto, o non potevano permettersi una nuova licenza. Ora è tutto molto più caro. Ma le azioni della Lijiang Industries stanno andando molto bene.

Di notte la città vecchia straborda di spirito consumistico, ma non riusciamo a trovare nessun posto dove ci piacerebbe andare. Non le interessa sentire musica popolare Naxi suonata da un'orchestra robot – "sembra di sentir ragliare un mulo a cui hanno tagliato le palle." E io non voglio assistere a uno spettacolo di danza folk intorno a un falò – "come un barbecue umano". Alla fine decidiamo di stenderci a pancia in giù sul lato della strada e guardare i pesciolini che nuotano nel canale.

Nei canali di Lijiang vivono banchi di pesci rossi. Che sia l'alba, il tramonto o la mezzanotte, si possono vedere fluttuare nell'acqua, tutti nella stessa direzione, allineati come soldati in parata pronti per un'ispezione. Ma guardando più da vicino si nota che non sono davvero immobili. In realtà stano lottando contro la corrente cercando di mantenere la posizione. Ogni tanto uno o due pesci si stancano e vengono spinti dalla corrente fuori dalla formazione. Ma subito, agitando la coda, tornano a fatica al loro posto.

Sono passati dieci anni dall'ultima volta che li avevo visti. *Loro*, almeno non sono cambiati.

"Nuotate, nuotate, nuotate. Prima che ve ne rendiate conto, la vita finisce." Ripeto le stesse parole che ho detto dieci anni fa.

"Proprio come noi," replica lei.

"È questo il senso nascosto della vita. Almeno noi possiamo ancora scegliere come vivere." Sembro così presuntuoso che mi viene da vomitare.

"Ma la realtà è che io non ti ho scelto, e tu non hai scelto me."

Il mio cuore sussulta. La guardo. Non ho proprio pensato a invitarla a venire al mio albergo. Non sento ancora il ritorno del desiderio. È un malinteso.

Comincia a ridere.

"Stavo citando una canzone. Non la conosci? Bè, io sono esausta. Perché non ci vediamo di nuovo domani? Sei simpatico."

"Ma come faccio a trovarti..." Mi rendo conto all'improvviso che non ho il cellulare.

"Alloggio qui." Mi passa il biglietto di un albergo. "Se sei troppo pigro per venire, manda un cane."

"Un cane?"

"Davvero non lo sai? Un cane randagio qualunque va bene. Prendi un pezzo di carta, scrivi l'ora e il luogo dove vuoi incontrarmi e mettilo nel collare del cane. Poi passa la tessera dell'albergo sul collare."

"Ma quindi non mi stai prendendo in giro?"

"Devi leggerti la guida turistica di Lijiang."

Non so quanto a lungo ho dormito.

Credo sia il pomeriggio del secondo giorno, ma la posizione del sole mi suggerisce che è mattina. Però non ho modo di sapere che non sia la mattina del terzo giorno, o del quarto, o una mattina che viene dopo un sogno che dura una vita.

Forse è questo il segreto per riabilitarsi davvero: smettere di sognare i report aziendali e il faccione del mio capo.

Cerco un cane. Solo che qui i cani hanno nasi fini. Sentono su di me l'odore del fallimento e scappano via. Sono costretto a comprare un pacchetto di carne secca di yak. Do da mangiare a un cane – un vero bastardo – finché non è sazio. Alla fine riesco a fargli portare il mio messaggio.

In caso si dimentichi chi sono, firmo il biglietto "Il pesce di ieri sera."

Vago per le strade. Mi godo il sole e il far niente. Comunque nessuno qui bada al tempo, quindi lei può venire quando vuole.

Vedo un vecchio seduto in un angolo con un falco. Il falco e l'uomo sono pieni di energia. Mi avvicino con la macchina fotografica.

"Niente foto!" Strilla il vecchio.

"Cinque yuan! Un dollaro!" Il falco grida in un misto di mandarino con accento del Sichuan e inglese.

Cazzo! Sono entrambi robot. La città non ha più nulla di autentico. Mi giro seccato.

"Vuoi sapere perché il cielo di Lijiang è così azzurro? Vuoi sentire la leggenda del Monte Innevato del Drago di Giada?" Vedendo che sto per andarmene, il vecchio cambia tono e persino accento. Ora sembra uno che viene dalla sofisticata Suzhou. "So tutto quello che c'è da sapere su Lijiang. Solo uno yuan per ogni informazione."

Perché no? Voglio solo ammazzare il tempo. Tanto vale sentire le sue bugie. Prendo una moneta e la infilo nel becco del falco. Clink! Un pannello si apre nel petto dell'uccello, mostrando una tastiera illuminata di rosa.

"Per sapere perché il cielo di Lijiang è così azzurro, premere 1. Per sentire la Leggenda del Monte Innevato del Drago di Giada, premere 2..."

Basta così. Premo "1".

"La moderna Lijiang si affida al controllo della condensa e alla standardizzazione dell'indice di dispersione. La tecnologia riesce a garantire giorni di sole con una probabilità superiore al 95.426%. Grazie a micromodifiche nel contenuto di pulviscolo atmosferico può mantenere il colore del cielo tra Pantone2975c e 3035c. Il sistema è progettato da..."

Cazzo. Mi sento triste. Anche il cielo, così bello che sembra il cielo nuovo di zecca della Creazione, è finto.

"Cerchi UFO?" Mi chiede lei, mettendomi le mani sulle spalle da dietro.

"Sai dirmi se c'è qualcosa di vero qui?" mormoro.

"Certo. Ci sei tu. Ci sono io. Siamo veri."

"Veri malati." La correggo.

"Dimmi di te. Mi piace conoscere meglio le persone."

Siamo tornati al bar Dalla finestra vediamo i pesci nel canale sottostante che nuotano, nuotano, senza andare da nessuna parte.

"Facciamo un gioco," dice lei. "A turno cerchiamo di indovinare qualcosa sull'altra persona. Se uno indovina, l'altro beve. Se sbaglia, allora beve."

"Certo. Vediamo chi si ubriaca prima."

"Comincio io. Lavori per un'azienda importante, giusto?"

"Ah. Il motto preferito del mio capo è '*Siamo globali, moderni e con tutti i crismi,*' – e a voce bassa – *ma sempre una fabbrica*."

Sghignazza.

Non ricordo se in passato le ho mai detto qualcosa sull'azienda. Ma bevo lo stesso.

"I tuoi pazienti," chiedo, "sono tutti persone importanti, vero?" Lei beve.

"Sei uno che conta nella tua azienda," afferma. Io bevo.

"Ti chiederò qualcosa di più interessante," dico. "Ci sono stati pazienti che ci hanno provato con te, non è così?"

Lei arrossisce e svuota il bicchiere.

"Hai molte ragazze," dice. Io esito un attimo, e bevo. *"Avevo" è solo il passato di "hai,"* mi dico.

"Non sei sposata."

Lei sorride, senza rispondere.

Scrollo le spalle e bevo.

Solo quando ho finito lei solleva il bicchiere e beve.

"Non è valido! Hai barato." Dico, ma sono felice.

"È colpa tua se sei impaziente."

"Bene, allora indovinerò che soffri d'insonnia, ansia, aritmia, irregolarità del ciclo..." So di aver bevuto troppo in fretta. So che me ne pentirò ma non riesco a smettere di parlare.

Lei mi fissa e beve. Poi aggiunge. "Qualunque sintomo tu abbia, io non ce l'ho. Qualunque sintomo io abbia, tu non ce l'hai."

"Siamo entrambi qui, no?"

Scuote la testa. "Credi che nulla abbia un significato."

"Lo credevo prima di incontrarti," dico convinto di usare un tono seducente. Adesso sono proprio sfacciato.

Mi ignora. "Soffri spesso d'ansia, perché detesti la sensazione del tempo che ti sfugge tra le mani. Il mondo cambia ogni giorno. E tu invecchi ogni giorno. Ma ci sono ancora così tante cose che non hai fatto. Vuoi afferrare la sabbia. Ma più forte stringi, più velocemente la sabbia ti scivola via dalle dita finché non rimane nulla..."

Se provenissero da chiunque altro, queste parole sarebbero solo psicologia spicciola, pseudointellettualismo, spiritualità di poco conto. Invece, in qualche modo, dette da lei sembrano la verità. Ogni parola mi colpisce al cuore, facendomi trasalire.

Bevo restando in silenzio. Il suo sorriso comincia a moltiplicarsi: ci sono due, tre, quattro lei... voglio chiederle qualcosa, ma la mia lingua non obbedisce più.

Sembra in imbarazzo. Mi sussurra, "Sei ubriaco. Ti riporto in albergo."

Ecco, ho fallito di nuovo.

Mi ci vuole parecchio per ricordarmi dove sono.

Durante il tempo che impiego a pensare, il sole attraversa sei quadrati della finestra. Oltrepassa altri tre quadrati prima che io abbia finito di lavare via l'odore di alcol dal mio corpo e il vomito dal bagno.

Immagino che l'Infermierina non si sia presa molta cura di *questo paziente*. Ho un mal di testa atroce.

Non voglio mandarle un cane. In effetti, ho paura di incontrarla. Magari è una telepate? Avrebbe senso mettere una telepate come infermiera dei reparti di terapia speciale, no? Sopratutto se un paziente non è più in grado di parlare.

La paura più grande è che qualcun altro capisca di cosa hai davvero paura.

Uno shar-pei entra nella stanza e abbaia. Prendo il foglio di carta infilato nel collare.

Vuole che vada con lei a sentire i robot che suonano musica folk Naxi, quella che mi aveva descritto come il ragliare di un mulo a cui hanno tagliato le palle. Ha firmato il biglietto con "Non sono una telepate."

Fanculo! Stronza borghese! Do un calcio allo shar-pei. Guaisce.

Alla fine la curiosità supera la paura. Mi lavo, mi vesto e vado alla sala concerti. Lei è vestita tutta di giallo. Annuisco nella sua direzione.

Ma lei ignora il mio tentativo di restare a distanza. Mi raggiunge, mi prende per mano e mi porta dentro.

"Piantala di fingere," mi sussurra all'orecchio. Devo lottare per nasconderle quanto sono eccitato.

Cominciano a suonare. Sembra davvero un mulo che raglia. È un insulto alla vera musica Naxi, quella che sentivo dieci anni fa.

I robot si muovono avanti e indietro, fingendo di suonare ogni tipo di strumento Naxi, e la musica registrata si diffonde dagli speaker inseriti nelle sedie. I robot sono chiaramente costruiti in Cina: movimenti impacciati, ridicoli, un repertorio di gesti limitato, espressioni monotone. Solo il robot di Xuan Ke[3] è fatto con un po' di cura nei dettagli.

---

3 Il nome di un famoso esperto di musica Naxi.

Ogni tanto si comporta persino come se fosse del tutto assorto nella performance. Temo che ondeggerà così forte che gli si staccherà la testa.

"Credevo che non ti piacessero i muli raglianti," le sussurro all'orecchio. Il profumo di potpourri mi circonda.

"Fa parte della nostra riabilitazione."

"Sicuro, come no."

Provo a baciarla. Ma si sposta e le mie labbra incontrano le sue dita.

"Nel tuo ufficio, sulla scrivania, c'è una piccola sveglia grigia. È a forma di fungo e spesso va avanti."

Il suo tono è calmo, ma io sono sconvolto. Quell'orologio era un regalo della ditta quando mi hanno eletto impiegato del mese. Come fa a saperlo?

Ho perso al gioco degli indovinelli – forse quello è stato un caso. Ma questo...

Continuo a fissare il suo profilo. La musica ragliante mi sommerge come un maremoto. Mi sembra di essere diventato anche io un musicista robot. Mi sforzo di suonare la mia folle musica della seduzione, ma lei non si fa ingannare. Non c'è niente nel mio petto, tranne un cuore meccanico fatto di ferro.

Finiamo a letto insieme.

Si comporta come se non fosse niente di speciale. Ma io no. L'uomo è un animale strano: manifesta paura e desiderio con lo stesso organo. Per quanto riguarda la prima, perde il controllo dell'organo e ne fuoriesce urina; per il secondo, perde il controllo dell'organo, che si riempie di sangue.

Anche questo fa parte della nostra riabilitazione? M'immagino di prenderla in giro, ma non lo faccio, perché temo la sua risposta.

"Chi sei davvero?" Non posso evitare di chiederlo.

La sua voce è attutita, indistinta.

"Sono un'infermiera. Il mio paziente è il tempo."

Alla fine mi racconta la sua storia.

Lavora per un posto chiamato "Reparto di Terapia Temporale." Solo gli uomini d'affari più importanti sono ammessi.

I vecchi somigliano alle mummie, i cui corpi sono attaccati a tubi e cavi. Bisogna tenerli d'occhio e prendersi cura di loro ventiquattro ore al giorno. Ogni giorno vanno a trovarli tutti i tipi di persone: indossano tute di protezione sterili e stanno attorno ai letti, comunicano coi vecchi, fanno resoconti, e ricevono istruzioni in silenzio.

I vecchi non si muovono mai. Ogni loro respiro richiede ore. Ogni tanto uno di loro geme come un bambino, e qualcuno lo segna nei registri. A vedere ogni indicatore biologico, dovrebbero essere tutti considerati morti. I numeri che compaiono sui dispositivi non cambiano mai. Ma loro rimangono lì per anni, per decenni.

Lei mi dice che ricevono una "terapia di dilatazione percettiva del tempo". Li chiama "i morti viventi."

La terapia è cominciata circa venti anni fa. Allora gli scienziati avevano scoperto che controllando l'orologio biologico di un organismo era possibile ridurre la produzione dei radicali liberi e rallentare l'invecchiamento. Ma il declino della mente e la sua eventuale morte non potevano essere impediti o bloccati.

Qualcuno aveva fatto un'altra scoperta: l'invecchiamento della mente era strettamente connesso alla percezione dello scorrere del tempo. Manipolando certi recettori nella ghiandola pineale era possibile rallentare la percezione del tempo, dilatarla. Il corpo di una persona che riceve la terapia di dilatazione percettiva del tempo rimane nel flusso temporale consueto, ma la sua mente sperimenta un tempo cento, mille volte più lento delle altre persone.

"Ma cosa c'entra con te?" Chiedo.

"Sai che le donne che vivono insieme sincronizzano i loro ritmi biologici, come il ciclo mestruale?"

Annuisco.

"Succede lo stesso a noi infermiere che ci occupiamo di questi morti viventi, giorno dopo giorno. Una volta all'anno devo venire a Lijiang per la riabilitazione, per cancellare gli effetti della dilatazione del tempo dal mio corpo."

Mi sento stordito. La dilatazione percettiva del tempo è usata su quei vecchi per il bisogno di mantenere stabili i prezzi delle azioni o per ritardare le lotte di potere tra i successori. Ma se la dilatazione fosse praticata su una persona normale? Cerco di immaginare come sia vivere cento anni in un secondo. Ma la mia fantasia non ci arriva. Dilatare il tempo fino all'infinito è come rallentarlo fino quasi a bloccarlo. Allora la mente, per effetto di questa dilatazione, non diventa immortale? A che serve un corpo fatto di carne?

"Ricordi quello che ti ho detto? Non ti ho scelto io, e tu non hai scelto me," dice, sorridendo quasi in tono di scusa.

Comincio a sentirmi di nuovo ansioso, come se le mie dita stessero stringendo una manciata di sabbia che scorre via.

"Sei l'altra metà di me, separata dal fulmine di Zeus."

Quelle parole mi sembrano una maledizione.

Se ne sta andando.

Mi dice che il suo periodo di riabilitazione è finito.

Stiamo seduti al buio. Davanti a noi c'è l'imponente massa del Monte Innevato del Drago di Giada, i picchi nevosi riflettono la luce della luna. Nessuno di noi parla.

La musica ragliante mi echeggia di nuovo in testa.

"Ricordi quella sveglia sulla tua scrivania?"

Anche se la terapia di dilatazione della percezione temporale è molto costosa, la procedura opposta – la compressione della percezione temporale – non lo è. Costa così poco che si può commercializzare. Molti grandi conglomerati ci hanno investito e, sfruttando certi cavilli nelle leggi cinesi sul lavoro (e con la complicità del governo), l'hanno sperimentata in segreto sugli impiegati cinesi di aziende internazionali.

Quella sveglia è un prototipo di compressore della percezione temporale.

"Allora siamo tutti topi da laboratorio," ricordo di aver riso di me quando me l'ha rivelato. Persino il mio capo è un topo – anche lui ha una di quelle sveglie sulla scrivania.

"Non importa se sai la verità," dice lei. "La base teorica per la compressione della percezione temporale non esiste."

"Non esiste?"

"La fisica teorica dice che è impossibile, così hanno dovuto basarsi sulla filosofia di Henri Bergson. La chiave sta nell'intuizione."

"Di che parli?"

"Non lo so." Ride. "Forse sono cose senza senso."

"Mi stai dicendo che il mio disturbo, questo DPNF II o come si chiama, è il risultato della compressione della percezione temporale?"

Non dice niente.

Ma ha senso. Il tempo passa più velocemente nella mia testa che nel resto del mondo. Ogni giorno sono sfinito. Faccio sempre straordinari. Faccio moltissime cose in ventiquattro ore rispetto agli altri. Non c'è da stupirsi se per l'azienda sono un impiegato modello.

Le nuvole passano davanti alla luna e la nascondono, eliminando la luce riflessa sui picchi nevosi. Tutto diventa buio come quando si abbassano le luci a teatro.

Un raggio laser rosso brillante raggiunge le rocce innevate – 5600 metri sul livello del mare – e le trasforma in uno schermo gigante. Il laser crea disegni in movimento, che raccontano una storia animata: la creazione del mondo. Un mito che è stato edulcorato per intrattenere le masse. Non sono dell'umore giusto per apprezzarlo. Le luci danzanti mi fanno solo battere il cuore in modo irregolare.

La compressione della percezione temporale è ottima per aumentare la produttività e il PIL. Ma ci sono tanti effetti collaterali. La lotta impari tra il tempo soggettivo e quello fisico causa problemi metabolici che si accumulano diventando sintomi gravi.

I conglomerati che hanno investito in questa tecnologia hanno creato i centri di riabilitazione in Cina e hanno fatto pressione per cambiare le leggi sul lavoro al fine di istituzionalizzare l'idea di "riabilitazione" e nascondere la verità. Hanno scoperto che chi soffriva degli effetti collaterali della dilatazione della percezione temporale e chi della compressione potevano aiutarsi a vicenda, essere l'uno la cura dell'altro.

"Io sono lo yang del tuo yin, è così?" Quindi il suo interesse nei miei confronti è limitato al mio valore come strumento medico. Il mio ego di uomo di mezza età ne soffre.

"Certo, se insisti a pensarla in questo modo." Almeno il suo tono è compassionevole.

"E la musica ragliante?"

"Serve ad armonizzare i nostri bioritmi."

Mi aspetto che lei consoli il mio ego dicendo che rispetto ai suoi precedenti partner di riabilitazione del bioritmo io sono più attraente, più interessante, più speciale, ecc. Ma non dice niente del genere.

"E i cani?" Non so più cosa chiederle prima che se ne vada.

"All'inizio erano cani normali. Ma dato che sono stati esposti a così tanti pazienti con un senso del tempo sballato, le strutture del loro cervello sono cambiate."

"Ho solo un ultimo desiderio." Fisso i suoi occhi che splendono nel buio come un paio di lucciole. "Vieni a vedere i pesci nel canale insieme a me. Forse sono le uniche creature di questo mondo che vivono vite reali."

Le lucciole si illuminano. Sfiora il mio viso. "Adesso..."

Faccio tacere le sue labbra con le mie dita. Scuoto la testa. Ce l'ho fatta. Non serve che mi dica cosa sta per dirmi, le tre parole più pesanti del mondo.

Invece sposta la mia mano delicatamente, e dice tre parole, tre parole diverse.

"Non essere sciocco."

Sono da solo vicino al canale, e guardo i pesci.

Se n'è andata senza lasciarmi nessun modo per contattarla. La sabbia mi prude i palmi. Non importa quanto stringo forte, scivola via.

Pesci, oh pesci, siete gli unici rimasti a farmi compagnia.

Di colpo, provo una forte invidia nei confronti di questi pesci. Le loro vite sono così semplici, così pure. C'è solo una direzione – controcorrente. Non devono esitare, sommersi da un'immensa varietà di scelte. Ma se vivessi davvero una vita come quella, forse mi lamenterei lo stesso. L'uomo non si accontenta mai di ciò che ha.

Di colpo, vorrei sputarmi addosso per la mia vanità, la mia autocommiserazione, la mia ossessione per me stesso, che ho per me, il mio me. Ma alla fine non faccio niente.

Guardo un pesce in particolare: la corrente lo trascina via dal suo banco. Una, due, tre volte. Rimane indietro, agita la coda come un forsennato, e torna in posizione.

Cazzo. È dura.

Ma aspetta.

Perché è sempre lo stesso pesce? Perché la traiettoria e il movimento sono sempre gli stessi?

Attendo senza sbattere le palpebre.

Due minuti dopo, lo stesso pesciolino viene trascinato via dal banco, agita la coda come un forsennato e torna in posizione.

Sollevo il sasso che tengo in mano.

Il sasso cade attraverso i pesci olografici e raggiunge il fondo del canale.

Non mi è rimasto nulla in mano, neppure un solo granello di sabbia.

Conclusa la riabilitazione, sono sul volo di ritorno con la mente non così sana in un corpo non così felice. L'aereo non è ancora partito che la cabina è già tutta un russare.

Presumo che almeno per qualcuno la riabilitazione abbia funzionato in pieno.

All'improvviso l'idea di tornare in quella giungla di cemento a lottare contro i miei colleghi comprimi-tempo mi disgusta.

L'aereo parte. Città, strade, monti, fiumi – tutto si rimpicciolisce diventando una scacchiera composta da quadrati multicolore. In ogni quadrato il tempo scorre più veloce o più lento. Le persone là sotto brulicano come in un formicaio controllato da una mano invisibile, divisi in gruppi, vengono stipati nei vari quadrati: il tempo vola per il lavoratore, il povero, il "terzo mondo"; il tempo avanza lento per i ricchi, i pigri, i "paesi sviluppati"; il tempo si ferma per chi comanda, gli idoli, gli dei...

Poi, due grasse manine da bambino mi appaiono davanti all'improvviso, racchiudono il mondo intero e mi mostrano il dorso.

"Destra o sinistra?"

Guardo a destra e a sinistra. Ho paura. Non so decidermi.

Una risata di scherno.

Mi faccio avanti e afferro i due pugni forzando le dita per aprirli: sono entrambi vuoti, sono entrambi menzogne.

"Signore, signore!"

Una hostess carina mi sveglia. Ora finalmente ricordo l'origine di quel sogno. Era mio cugino che mi tormentava da piccolo. Il suo gioco preferito era costringermi a indovinare in che mano aveva nascosto le caramelle che mi aveva preso. Si divertiva a provocarmi perché esitavo sempre, facevo sempre fatica a decidere.

"Signore, gradisce una bibita, caffé, té o qualcos'altro?"

"... vorrei te."

Lei arrossisce.

Le sorrido. "Solo un caffè nero."

Questa è l'unica scelta davvero libera che mi è rimasta.

Il fiore di Shazui

L'estate dura dieci mesi nella baia di Shenzhen. Le mangrovie circondano la baia come sangue coagulato. Anno dopo anno si ritirano e marciscono, come la notte color ruggine che nasconde tanti crimini. A est delle mangrovie, a nord di Porto Huanggang, tra Shenzhen e Hong Kong c'è il villaggio di Shazui, dove abito adesso.

È da sei mesi che sto nascosto qui. Il sole subtropicale è crudele, ma sono diventato ancora più pallido. I cinque villaggi urbani, Shazui, Shatou, Shawei, Shangsha, e Xiasha – o letteralmente "Bocca di Sabbia," "Testa di Sabbia," "Coda di Sabbia," "Sabbia Alta," "Sabbia Bassa" formano una grande, fitta giungla di cemento nel cuore del distretto di Futian. I nomi dei villaggi danno spesso la sensazione di vivere nella bocca di qualche mostro gigantesco e misterioso chiamato "Sabbia" che è ancora vivo nonostante sia stato separato dalla testa.

La Sorella Maggiore Shen mi dice che un tempo era un placido villaggio di pescatori. Ma con le riforme economiche e l'apertura della Cina, l'urbanizzazione ha spinto a costruire dovunque. Per ottenere una compensazione maggiore quando il governo usava il suo potere di espropriazione per pubblica utilità, gli abitanti del villaggio hanno fatto a gara per costruire alte torri nei loro territori così da massimizzare i metri quadri di spazio residenziale. Ma prima che potessero venire pagati, i prezzi dell'immobiliare erano saliti a un punto che nemmeno il governo poteva più permettersi di pagare le compensazioni. Questi edifici eretti in tutta fretta rimasero come rovine storiche, testimoni del passato. Gli abitanti del villaggio costruivano un piano in tre giorni, mi dice. Questa sì che è la cosiddetta Velocità della Zona Economica Speciale.

Mi immagino questi edifici crescere veloci come cellule cancerose, per poi assestarsi alla forma che hanno oggi. Negli appartamenti è sempre buio perché c'è così poco spazio tra gli edifici che gli inquilini dei condomini vicini possono stringersi la mano attraverso le finestre. I vicoli sono stretti come capillari e non sembrano seguire nessuna struttura precisa. Il fetore di decomposizione e marciume permea tutto, si insinua nei pori di tutti. Visto che gli affitti sono bassi, qui ci si può trovare ogni genere di migrante intento a lottare per realizzare il suo sogno di Shenzhen: la vita ad alta tecnologia, ad alti stipendi, ad alta risoluzione della Shenzhen alta.

Ma io preferisco la Shenzhen bassa. Mi fa sentire più sicuro.

La Sorella Maggiore Shen è una brava persona. Viene dal Nordest. Anni fa ha comprato questo condominio da una famiglia del posto che si trasferiva oltreoceano. Adesso vive la vita della padrona di casa felice. Con gli affitti che aumentano giorno per giorno il suo patrimonio netto deve essere sulle decine di milioni, ma vive ancora qui. Mi ha preso nonostante non avessi documenti d'identità, e mi ha dato un banchetto dove potessi lavorare.

Ha anche preparato un documento falso per me nel caso la polizia dovesse farsi vedere. Non mi fa mai domande sul mio passato. Ne sono grato e cerco di farle dei favori per ringraziarla.

Dal mio banchetto alla porta del negozio di medicina cinese vendo un misto di pellicole corporee e versioni crackate di software per la realtà aumentata. Le pellicole corporee vengono applicate sulla pelle, dove mostrano parole o immagini a seconda degli impulsi elettrici del corpo. In America usano questa tecnologia come strumento diagnostico, per monitorare i segnali fisiologici dei pazienti.

Ma qui è diventato parte della cultura da strada, serve a mostrare il proprio status. Che si tratti di manovali, gangster o prostitute, a tutti piace mettere le pellicole corporee in parti del corpo bene in vista o nascoste così che cambiando la tensione del muscolo o la temperatura della pelle, appaiano immagini di vario tipo che segnalano la personalità, il coraggio o il sex appeal di chi le indossa.

Ricordo ancora la prima volta che ho parlato con Snow Lotus.

Snow Lotus viene dall'Hunan umido e subtropicale, ma ha deciso di darsi il nome di un fiore di montagna. Anche di notte la sua pelle chiara scintilla come porcellana. Alcuni dicono che è la più famosa "fenice casalinga" (una prostituta che lavora fuori casa) di tutto il villaggio di Shazui.

La vedo spesso camminare mano nella mano con uomini diversi, ma la sua espressione è sempre composta, non fa mai percepire che stia succedendo qualcosa di losco. C'è davvero qualcosa in lei per cui diventa impossibile non guardarla.

Il villaggio di Shazui ospita migliaia di prostitute per tutte le fasce di prezzo. Forniscono un'ampia gamma di servizi sessuali economici agli uomini della classe media e bassa sia di Shenzhen che di Hong Kong.

I loro corpi sono come un paradiso dove le anime maschili sfinite, sporche e fragili trovano rifugio temporaneo. O forse sono come un placebo che permette agli uomini, dopo un momento di gioia, i loro spiriti risanati, di tornare sul campo di battaglia che è la vita reale.

Snow Lotus non è come le altre. È una buona amica della Sorella Maggiore Shen, e viene spesso a fare compere al negozio di medicine cinesi. Ogni volta che passa davanti al mio banchetto il suo profumo mi fa battere il cuore all'impazzata. Cerco sempre di trattenermi dal seguirla con gli occhi, ma non ci riesco mai.

Quel giorno mi sfiorò la spalla da dietro. "Puoi aiutarmi e sistemare la mia pellicola corporea? Non si accende," disse.

"Posso darci un'occhiata." Avevo difficoltà a nascondere il mio panico crescente.

"Seguimi," sussurrò.

Le scale mal illuminate erano strette come intestini. Il suo appartamento era tutto il contrario di come me lo ero immaginato. La gamma di colori si basava sul giallo chiaro, decorato con molti dettagli caldi e casalinghi. C'era persino un balcone che permetteva di vedere il cielo. A Shazui una cosa del genere era un vero lusso.

Mi guidò nella sua camera da letto, e volgendomi la schiena si abbassò i jeans fino alle ginocchia mostrando un paio di cosce di un bianco accecante e mutande nere di pizzo.

Avevo mani e piedi freddi. Deglutii con difficoltà, cercando di bagnare la gola secca. Il dito elegante di Snow Lotus puntava alle sue mutande. Non ero ancora pronto. Il mio cuore era pieno di terrore.

"Non si accende," disse. Non si era levata le mutande. Stava solo indicando la pellicola ottagonale che raffigurava un *bagua*, applicata proprio sopra il coccige.

Cercai di nascondere la mia delusione. Cauto, esaminai la pellicola usando i miei strumenti diagnostici, facendo del mio meglio per non fare attenzione alla sua pelle liscia e vellutata. Regolai la curva di risposta termica della capacità elettrica. "Ora dovrebbe funzionare. Prova." Lasciai andare un respiro trattenuto a lungo.

Di colpo Snow Lotus si mise a ridere. I peli quasi invisibili lungo la curva sotto alla sua vita si rizzarono come dei giunchi in miniatura.

"Come dovrei fare a provarlo?" si voltò a guardarmi, e il suo tono era canzonatorio.

Credo che nessun uomo etero al mondo possa resistere a quello sguardo. Ma in quel momento mi sentii insultato. Mi stava trattando come un cliente qualunque, un cliente, che scambiava denaro per il diritto di usare il suo corpo. O forse credeva che avrebbe ripagato il mio lavoro così? Non so da dove venne fuori quella rabbia infantile, ma senza dire altro presi un cuscinetto riscaldante e lo premetti contro la sua vita. Dopo trenta secondi il simbolo dello ying-yang al centro del *bagua* si illuminò con una luce azzurra mostrando il carattere per *Est*.

"Est?" chiesi senza capire.

"È il nome del mio uomo." L'espressione di Snow Lotus era tornata a essere calma e composta. Si tirò su i jeans, si girò e vide la mia espressione perplessa. "Credi che una prostituta non dovrebbe avere un suo uomo? Gli piace prendermi da dietro. Metto la pellicola lì per far capire a tutti i miei clienti che possono scoparmi se sono disposti a pagare, ma ci sono certe cose che non possono comprare." si accese una sigaretta. "Ah, quanto ti devo?"

Provai un improvviso e inspiegabile senso di sollievo.

L'uomo chiamato Est è il marito di Snow Lotus, ed è anche il suo pappone. Per lavoro viaggia tra Shenzhen e Hong Kong, trafficando beni digitali. Altri mi dicono che è maniaco del gioco d'azzardo. La maggior parte dei guadagni di Snow Lotus vengono poi persi da lui sul tavolo da gioco. A volte la costringe a fornire ad alcuni vecchi clienti di Hong Kong delle... prestazioni speciali.

Ma nonostante tutto lei porta ancora il suo nome sulla vita, dichiarando di appartenergli.

È così cliché che mi fa pensare a tanti vecchi film di gangster di Hong Kong. Ma è la vita quotidiana qui a Shazui.

Snow Lotus è infelice. È per questo che viene così spesso dalla Sorella Maggiore Shen a chiedere aiuto. Come molti qui a Shazui, anche Sorella Maggiore Shen fa vari lavori. Uno di questi è la sciamana.

La Sorella Maggiore Shen dice di essere manchu. Anche alcuni dei suoi antenati erano sciamani, dice, e così ha ereditato parte dei loro poteri magici che le consentono di parlare con gli spiriti e prevedere il futuro.

Una volta, quando era un po' ubriaca e in vena di parlare, aveva descritto gli sconfinati deserti del lontano nord, dove il respiro diventa ghiaccio e dove i suoi antenati un tempo celebravano cerimonie magiche indossando maschere feroci, danzando e vorticando nella bufera di neve, suonando i tamburi e cantando, pregando affinché gli spiriti prendessero controllo dei loro corpi. Anche se era una giornata calda, con la temperatura intorno ai quaranta gradi, tutti nella stanza erano rabbrividiti a sentire la sua storia.

La Sorella Maggiore Shen non mi permette mai di entrare nella stanza dove pratica la sua magia. Dice che, poiché non voglio niente, il mio cuore non è puro, e danneggerei l'atmosfera per gli spiriti.

Una fila infinita di clienti viene a cercare i suoi servigi. Dicono tutti che ha davvero il Potere: uno sguardo e può dire tutto su di te. Ho visto le persone che escono dalla sua stanza dopo le sessioni di magia: i loro volti sono pieni di soddisfazione sognante.

Ho visto quell'espressione molte volte: donne con le loro borse Speedy di Louis Vuitton, cittadini benestanti in caccia di belle donne al V Bar del Venetian, politici che appaiono in tv tutte le sere al telegiornale delle sei e mezza – tutti con la stessa espressione, un'espressione tipica di Shenzhen.

Sono come i clienti che vengono da Shazui tutti I giorni. Vanno al negozio di medicina cinese per dell'afrodisiaco extra forte e riappaiono con un sorriso fiducioso. Ma so che l'afrodisiaco non contiene che fibre, e non ha nessun effetto a parte farli cagare con regolarità.

In questa città a tutti serve una specie di placebo.

Snow Lotus continua a venire da Shen ancora e ancora. Ogni volta se ne va tranquilla, ma poco dopo torna, il volto pieno di infelicità. Posso immaginare i problemi che una come lei deve sopportare, ma non riesco a non volerne sapere di più. Ho molti mezzi tecnici per soddisfare la mia curiosità, ma tutti richiedono che io metta piede nella stanza di Shen. So che l'unico modo è diventare un discepolo.

"Ho bisogno dell'aiuto degli spiriti," dico a Shen. Non sto mentendo.

"Vieni dentro." Shen ha visto migliaia di uomini, capisce subito se qualcuno sta mentendo.

La stanza non è grande ed è fiocamente illuminata. Sulle pareti vedo dipinti di spiriti sciamanistici, le pennellate caotiche forse dovute a un cervello sotto effetto di droghe.

Shen si siede di fronte a un altare di pietra coperto da un panno rosso di flanella. Sull'altare ci sono una maschera, un tamburo in pelle di mucca e delle bacchette a spazzola, uno specchio di bronzo, una campana di bronzo, e altri oggetti rituali. Un recitatore di preghiere elettronico comincia a declamare sutra. Si mette la maschera, e attraverso I terrificanti buchi per gli occhi vedo una luce aliena e antica nei suoi occhi.

"Il Grande Spirito ti ascolta," dice. La sua voce è bassa e rauca, piena di un indiscutibile senso di dignità.

Non riesco a resistere al suo potere. C'è una storia nascosta nell'angolo più buio della mia mente che non ha mai smesso di tormentarmi. Il peccato è come il vino. Più rimane nascosto alla luce del sole più fermenta, diventando più forte. Improvvisamente mi rendo conto di una cosa. Il mio subconscio si è preso gioco di me. Non è la curiosità per Snow Lotus che mi ha spinto a entrare in questa stanza, ma il desiderio interiore di sentirmi libero dalla repressione, la ricerca di sollievo.

"Vengo da oltre la Recinzione. Ero un ingegnere." Cerco di controllare il mio respiro, di regolare la mia voce.

Vengo da oltre la Recinzione. Ero un ingegnere. Nel 1983, prima che nascessi, fu eretta una recinzione di filo spinato lunga 84.6 chilometri e alta 2.8 metri per dividere Shenzhen in due parti. All'interno della Recinzione ci sono i 327.5 chilometri quadrati della Zona Economica Speciale, fuori c'è un nulla di 1600 chilometri quadrati.

Dicono che l'obiettivo della Recinzione fosse di dare sollievo ai posti di blocco al confine tra Hong Kong e Shenzhen. Prima del 1997, quando Hong Kong era controllata dall'Inghilterra, c'erano molte ondate di attraversamento illegale dei confini. Il muro di Berlino non è mai caduto davvero.

La Recinzione e i suoi nove posti di blocco dividevano non solo persone mezzi, ma anche sistemi diversi di legge, sussidi pubblici, vantaggi fiscali, infrastrutture e identità. L'area fuori dalla Recinzione diventò l' "amante" di Shenzhen. Data la sua vicinanza alla Zona Economica Speciale e le sue vaste distese di terra inutilizzata, attirò molte industrie che richiedevano molta manodopera ma davano uno scarso valore aggiunto. Ma ogni volta che qualcuno parlava di "fuori dalla Recinzione", la prima cosa a cui pensava un abitante di Shenzhen era il deserto dei western di Hollywood: un luogo povero e arretrato, con le strade sempre in costruzione, dove si poteva passare col rosso senza conseguenze, dove il crimine serpeggiava e la polizia non aveva alcun potere.

Ma la storia ci sorprende sempre con le sue somiglianze. Anche Shenzhen ha avuto una specie di conquista del west.

Nel 2014 la decisione del governo di finalmente abbattere la Recinzione ricevette un'opposizione senza precedenti. Coloro che abitavano all'interno della Recinzione credevano che sarebbero stati sommersi da migranti dall'altro lato, e che avrebbero subìto un incremento di criminalità. Ma coloro che vivevano fuori erano ancora più contrari. Si sentivano come se fossero stati abbandonati da chi viveva dentro quando la Zona Economica Speciale cresceva, e ora che lo sviluppo si era arrestato per mancanza di spazio utilizzabile, sarebbero stati sfruttati per via della loro unica risorsa: terreno. Se incontrastati, affitti e prezzi sarebbero aumentati e avrebbero scacciato la popolazione a basso reddito dalle loro case. I giovani si vestirono persino da nativi americani e si legarono alla Recinzione per evitare che venisse abbattuta.

La fabbrica dove lavoravo produceva elettronica, ed era una di quelle influenzate dal cambiamento.

Ogni anno dipendevamo dagli ordini di componenti di dispositivi per la realtà aumentata dall'Europa, dall'America e dal Giappone per guadagnare valuta estera.

Allo stesso tempo i nostri margini venivano schiacciati dal valore del dollaro, che si abbassava rispetto a quello dello yuan. Se anche l'affitto degli spazi commerciali e gli stipendi fossero aumentati non ci sarebbe stato nessun profitto.

A una riunione collettiva il proprietario disse che ci saremmo dovuti preparare tutti a dei licenziamenti. Ero un ingegnere di stampi. Volevo fare qualcosa che generasse più soldi possibile prima di venir licenziato. Tutti la pensavano così.

I nostri clienti ci davano prototipi di prodotti ancora non rilasciati così che potessimo progettare gli stampi prima della produzione vera e propria. Secondo i rigidi accordi di non divulgazione e le procedure di sicurezza, dei chip RFID incorporati nei prototipi inviavano segnali a 433MHz, e comunicavano con appositi recettori attraverso un protocollo wireless brevettato.

Ogni volta che un prototipo lasciava un'area prevista un allarme automatico suonava. Se il prototipo non veniva riportato nell'area prevista entro 300 secondi la macchina avrebbe attivato un meccanismo di autodistruzione. Ovviamente se ciò si verificasse la fabbrica perderebbe tutta la credibilità internazionale e finirebbe sulla lista nera dei clienti, senza più fare affari.

Dappertutto lungo il delta del Fiume Perla compratori furbi e con esperienza richiedevano prototipi segreti a prezzi alti. Mettere le mani su quei prototipi e fare della retroingegneria avrebbe portato a quei produttori di elettronica di Shenzhen profitti sulle decine di milioni. In quel periodo diventare ricchi in maniera disonesta era molto più facile che fare affari in maniera onesta.

Avevo preparato tutto: un compratore disponibile, un prezzo, un modo per consegnare la merce e una via di fuga. Ma mi serviva ancora una cosa, un aiutante, qualcuno che attirasse l'attenzione della folla e delle guardie. Non riuscivo a pensare a nessuno di più adatto di Chen Gan, il quale veniva dalla mia stessa città.

Capivo Chen Gan. Era un uomo timido. Sua moglie aveva appena dato alla luce la loro seconda figlia, ed era preoccupato da come sarebbe riuscito a pagare la retta della scuola elementare della prima figlia. Da migrante non poteva avere la registrazione di residenza a Shenzhen e doveva pagare una tassa extra per mandare la figlia alla scuola regolare. Senza quei soldi avrebbe dovuto mandare la figlia a una scuola diversa, un posto di bassa qualità fatto per i figli di migranti. Guardava spesso la foto della bambina dicendo che non voleva che ripetesse il percorso che aveva fatto lui.

Feci un deposito nel suo conto in banca: non troppo, giusto a sufficienza per pagare la retta extra per la scuola.

Per un cinese esisterebbe forse motivazione più forte di "per mio figlio"?

Al momento concordato sentii il suono degli altoparlanti fuori dall'edificio. Sapevo che Chen Gan stava già facendo la sua parte. Si era coperto di petrolio nel bel mezzo del cortile, e teneva un accendino in mano. Aveva dichiarato che se il proprietario non gli avesse dato una liquidazione abbastanza alta si sarebbe dato fuoco. Quando le guardie corsero ansiosamente in cortile con gli estintori nessuno fece caso a me mentre salivo le scale di emergenza fino al tetto, stringendo a me il prototipo rubato.

Ero uno dei cinque autorizzati a toccare il prototipo. Sfruttando i vantaggi dati dai miei doveri avevo testato il meccanismo d'attivazione RFID svariate volte.

Sembrava registrasse solo latitudine e longitudine dell'oggetto, non la sua altitudine. Questo buco mi aveva permesso di progettare un piano efficace di consegna al compratore.

Sul tetto il vento soffiava forte e freddo, come nei momenti prima dell'inizio della pioggia. Quasi tutti i lavoratori della fabbrica si erano riuniti nel cortile per capire come sarebbe andata a finire la storia dell'autoimmolazione. Se il proprietario avesse ceduto alle richieste di Chen Gan, il giorno dopo lo avrebbero aspettato in centinaia, cosparsi di benzina.

Ma conoscevo il proprietario da tre anni. Era il genere di persona che avrebbe incoraggiato Chen Gan a procedere e a usare quell'accendino, e si sarebbe acceso una sigaretta sulle ceneri roventi.

Un elicottero a forma di libellula e controllato a distanza si avvicinò da lontano ronzando, e atterrò sul tetto. Secondo le istruzioni legai il prototipo alla base dell'elicottero. Prese il volo, instabile. Guardai ansioso quella macchina fragile da cui dipendevano le vite di due uomini, e forse di più.

La distanza massima di comunicazione tra il chip RFID e il ricevitore era di circa sessanta piedi. Il tetto era già vicino a quel limite. L'elicottero stette sospeso in aria come se fosse in attesa di istruzioni. Non sapevo come gli acquirenti intendessero fare con il meccanismo di autodistruzione o se volessero craccare il protocollo delle comunicazioni e inserire un segnale falso per ingannare il dispositivo. Andava oltre quanto potevo controllare.

Per un attimo temetti che l'elicottero non se ne sarebbe mai andato. Ma alla fine si allontanò dal tetto e sparì nel cielo grigio.

Presi l'ascensore con tranquillità e mi infilai nella folla. Feci in modo che Chen Gan mi vedesse. Fece un cenno impercettibile col capo, mi rivolse uno dei suoi tipici sorrisi timidi e fece cadere l'accendino. Le guardie di sicurezza si gettarono immediatamente su di lui e lo spinsero a terra. Era arrivato il momento di andarsene, pensai.

Presi il bus intercittadino per Dongguan. Ma prima che il bus avviasse il motore il mio telefono iniziò a vibrare insistentemente. Visto quanto sapevo del proprietario non mi aspettavo di avere molto tempo. Ma non mi aspettavo di venire preso così in fretta.

Forse erano state le telecamere a circuito chiuso, o forse Chen Gan mi aveva venduto. Ma non mi interessava più. Volevo solo che stesse bene, che vivesse abbastanza a lungo da vedere sua figlia andare a scuola.

Gettai il telefono, scesi dall'autobus e presi quello nella direzione opposta, diretto dentro alla Recinzione, a Shenzhen. D'istinto sapevo che era la direzione più sicura.

È così che sono arrivato a Shazui.

Negli ultimi sei mesi ho cercato di avere notizie di Chen Gan in ogni maniera possibile, ma non ho saputo niente. Credevo di essere abbastanza indifferente, indifferente al punto da poter abbandonare la mia coscienza inutile.

Ma spesso mi svegliavo nel bel mezzo della notte, senza fiato. Nei miei sogni Chen Gan sorrideva timidamente e bruciava, diventando un mucchio di cenere. A volte sognavo anche le sue due figlie che piangevano e bruciavano con lui, anche loro diventando cenere. Sapevo di potermi più nascondere da me stesso.

Ti prego, dimmi se sta bene." ho la faccia piena di lacrime anche se non ricordo di aver pianto. La maschera di legno da sciamano mi guarda torva con quegli occhi tondi, la luce arancione che si riflette sulla superficie. La faccia è quella di una dea arrabbiata. Attraverso i buchi degli occhi vedo un luccichio strano negli occhi: bagliori azzurri luccicanti, ad altissima frequenza.

All'improvviso capisco. La maschera non è altro che un sistema del cazzo per nascondere un paio di occhiali da realtà aumentata.

Per tutto questo tempo ho pensato che Sorella Maggiore Shen fosse solo una ciarlatana che finge di essere una medium e che fa soldi dicendo ai clienti ciò che si vogliono sentir dire. Ma ha davvero il potere. Immagino che abbia un livello di privilegio informazioni almeno intorno a IIA, se non più alto, visto che può accedere ai file privati di una persona grazie al riconoscimento facciale.

Ma anche se così fosse, senza un software filtro per analisi di tipo professionale come può trarre alcuna informazione utile da un torrente così in un tempo così breve? Sarebbe come trovare un ago perso in mare. Posso solo darne il merito ai suoi geni da sciamana, come Dustin Hoffman in *Rain Man* quando riesce a capire quanti fiammiferi ci sono in una scatola con un solo sguardo.

Le luci dietro agli occhi lampeggiano più velocemente. Il battito del mio cuore accelera.

"Sta bene."

La speranza torna nel mio cuore.

"Almeno là non deve preoccuparsi dei soldi." Sorella Maggiore Shen indica il cielo. Poi aggiunge, "Mi dispiace per la tua perdita."

Traggo un respiro profondo. Anche se me lo aspettavo, ora che la paura è diventata realtà sento una grande impotenza. Il mondo intero ha perso il suo fulcro, non ci si può basare più su nulla.

So che in questo mondo c'è una sola cosa che posso fare per fare ammenda, anche se darà solo un conforto illusorio alla mia coscienza.

"Voglio un numero di conto bancario funzionante per la famiglia di Chen Gan." Il denaro un tempo era il mio placebo. Ora non mi serve più.

Fa buio quando esco dalla stanza di Shen. Guardo Shazui, dove le luci si stanno accendendo dietro alle finestre. La gente si dà da fare in ogni modo, riempiendo l'aria di speranza. Ma il mio cuore è come una pozza di acqua morta. Apro la mano. Il vuoto.

Il subconscio mi ha fatto un altro scherzo. Ho davvero installato la microspia sotto al bordo dell'altare. Credevo di essere lì per Chen Gan, ma alla fine non ho potuto non pensare a Snow Lotus. Sorrido, un sorriso in pieno stile Shenzhen.

Snow Lotus non ha una bella cera.

Ha il viso pallido. Indossa grandi occhiali da sole che le coprono gli occhi e mezza faccia. Senza dire niente a nessuno si infila nella stanza di Sorella Maggiore Shen. Mi metto le cuffie e accendo il ricevitore. La ricezione è disturbata per qualche momento, poi sento il recitatore di preghiere elettronico.

"Mi ha picchiata di nuovo." La voce di Snow Lotus è triste. "Ha detto che non ho avuto abbastanza clienti. Ha bisogno di più soldi."

"La scelta sta a te," la voce di Sorella Maggiore Shen è calma, come se fosse abituata a sentire queste cose.

"Dovrei andare con quell'uomo d'affari di Hong Kong."

"Ma non vuoi lasciarlo."

"Sono stata con lui per dieci anni! Dieci anni! Ero una ragazzina che non sapeva niente e ora... ora sono solo una puttana da quattro soldi!"

"Vuoi altri dieci anni come questi?"

"Sorella Maggiore... sono incinta."

La Sorella Maggiore Shen tace per un attimo. "È suo?"

"Sì."

"Allora diglielo. Hai in grembo suo figlio. Non puoi più fare la puttana."

"Mi dirà di abortire. Non è la prima volta. Sorella Maggiore, sto invecchiando. Voglio tenere il bambino."

"Allora tienilo."

"Mi ucciderà, lo so."

"Non lo farà." Sentire la tua voce nell'aria e nelle cuffie è una sensazione molto strana. Sto alla porta della stanza e vedo una Snow Lotus che mi guarda sorpresa. La sua faccia è liscia come porcellana eccetto per l'occhio destro, gonfio e con un livido. Stringo i pugni così forte che le unghie mi fanno male alla pelle.

Ecco il mio piano. Anche se va contro le mie idee originali, devo ammettere che è quello che ha più possibilità di successo. Suo marito è dipendente dal gioco d'azzardo. Ed è come ogni giocatore sulla faccia della terra: superstizioso. Dobbiamo far sì che crei una connessione tra il figlio e la buona sorte. *Per mio figlio*. Il mio cuore sente una punta di amaro.

Ogni mattina Snow Lotus mormorerà una fila di numeri senza senso come se parlasse nel sonno. Il suo ossessivo marito di solito cerca ispirazione da qualunque cosa per le sue scommesse: che sia il colore dei Teletubbies, o il numero di telefono sui volantini pubblicitari. Poi scoprirà che lei sta mormorando i numeri vincenti della lotteria del giorno prima.

Snow Lotus gli dirà che ha fatto un sogno strano: ha sognato di una bella nuvola color dell'arcobaleno che è venuta dall'est e si è depositata nella sua pancia.

Dopo sette giorni di questo, verrà la parte migliore dello spettacolo. Le mie capacità professionali saranno finalmente utili. Armerò Snow Lotus con auricolari wireless e lenti a contatto a realtà aumentata. Ma il pezzo forte sarà una tuta nera speciale. A guardarla sembra solo un intimo lungo, ma delle fibre progettate in maniera speciale si deformeranno e induriranno quando caricate elettricamente, ottenendo aree di tensione e forza precise, abbastanza resistenti da fermare un proiettile.

Aggiungendo una serie di elettrodi e un chip di comunicazione posso trasformare la tuta in un manichino controllato a distanza, che mi consentirà di posare a mio piacimento chi la indossa.

"Perchè vuoi aiutarmi?" chiede Snow Lotus. Pensa ancora che gli uomini sono solo interessati al suo corpo.

"Per il karma." rido. La Sorella Maggiore Shen lo dice spesso ai suoi clienti. Con il telecomando metto Snow Lotus con addosso la tuta in varie pose sexy.

"Poso ancora meglio senza vestiti."

Abbasso la testa facendo finta di non sentire. Continuo a trafficare coi comandi. Improvvisamente, come una nuvola calda che scende dal cielo due braccia delicate e pallide mi stringono il petto. La sua voce è contro la mia schiena, mi riempie il petto, il cuore, i polmoni, risale sulla spina dorsale fino alle orecchie. La voce sembra venire dal profondo del cuore e da molto lontano allo stesso tempo.

"Grazie," dice.

Voglio dire qualcosa, ma alla fine non dico niente.

Sorella Maggiore Shen e io vediamo ciò che vede Snow Lotus.

Dopo le scale semibuie arriviamo all'appartamento giallo chiaro che conosciamo. L'uomo di nome Est siede davanti alla tv guardando una corsa di cavalli a Hong Kong e imprecando per tutto il tempo. Snow Lotus va in cucina a preparare la cena.

L'immagine si ferma all'improvviso. Ecco le braccia di un uomo strette attorno al suo seno, come lei aveva abbracciato me.

"No." dice.

L'uomo non risponde. L'immagine trema improvvisamente e ora la sua faccia è vicina al rubinetto, la testa nel lavandino. Il rubinetto è aperto e il livello dell'acqua si alza, coprendo verdura e frutta prima di finire nello sfioratore con delle bollicine. Ora l'immagine si muove ritmicamente. Poi arriva il respiro ansimante, i sospiri e i lamenti di piacere.

Posso spegnere il video e l'audio, ma non lo faccio. Lo guardo cupo, provando un misto di rabbia, gelosia e disgusto che mi si mescolano nelle viscere finché non diventano una sensazione unica. Fatico a immaginare cosa stia provando Snow Lotus, specialmente considerando che non sta emettendo suono, non un singolo suono, anche se tutto ciò sta succedendo sotto gli occhi di due estranei.

Alla fine trova un qualche sollievo. Chiude gli occhi.

Nella semioscurità chiazze di luce sfocata le penetrano le palpebre e tremano leggermente. C'è una mano sulla mia spalla. È la Sorella Maggiore Shen. Vede tutto e sa tutto.

Aspettiamo fino a mezzanotte. Sento un russare ritmico e preciso da vicino a Snow Lotus. Alzo la sua mano sinistra per indicare che sono pronto. Si schiarisce la gola come risposta.

Ecco che comincia la finta seduta spiritica.

Manovro la tuta-manichino e alzo le sue gambe, poi le rendo il torace rigido e rimetto giù le gambe, usandole come una leva per alzarle la parte superiore del corpo.

Poi faccio cadere il suo corpo, facendo rimbalzare le gambe ancora più in alto. Passando da energia potenziale a cinetica, il corpo rigido di Snow Lotus comincia ad assomigliare a una moneta che cade su una superficie dura, cadendo velocemente e facendo un trambusto spaventoso sul letto.

"Che cazzo ti è preso? È notte fonda!" L'uomo, svegliatosi bruscamente dal sonno, cerca la lampada del comodino e la accende. Poi, con un altro rumore forte, l'uomo chiamato East viene sbattuto dal letto al pavimento.

"Cazzo! Cazzo! Cazzo!" Le sue imprecazioni sono piene di paura e sorpresa.

Mentre continua a rimbalzare, il corpo di Snow Lotus non sembra più rispondere alla gravità. È come una marionetta mossa da fili invisibili. Su, giù, su di nuovo, salta dal materasso. Per un attimo sembra galleggiare nell'aria. Il soffitto giallo si avvicina e poi si allontana, come una membrana che respira. I bordi del nostro campo visivo mostrano segni di distorsione ottica con il rilassarsi della membrana.

"Basta così." Sorella Maggiore Shen mette fine alla mia follia. Il nostro obiettivo non è terrorizzare quest'uomo. Devo ammettere che controllare il corpo di Snow Lotus dà dipendenza, come se compensasse per qualcosa nel subconscio. L'ampiezza dei rimbalzi diminuisce. Il corpo di Snow Lotus giace di nuovo tranquillo a letto. Rilasso le fibre della tuta. Ora è stesa come un corpo flaccido. Come avevamo pianificato comincia a piangere. Balbetta in modo incoerente e descrive l'incubo e le strane novità.

"Dice... dice che se ce ne occupiamo ci ricompenserà, come con quei numeri della lotteria..."

"Chi?"

"Tuo figlio."

L'uomo si rialza dal pavimento. Il suo volto è rigido, come se fosse stato sopraffatto da troppe informazioni. Tiene in mano un coltello da frutta che ha preso da qualche parte.

Si avvicina a Snow Lotus e le carezza il ventre, poi alza lo sguardo verso la faccia di lei. Sotto la luce calda della lampada sembra una scena felice da una soap opera. Poi verrà la promessa del benvenuto a una nuova vita, seguita da un profondo bacio d'amore.

Il luccichio nelle sue belle pupille diventa subito freddo e scuro, come una pozza di acqua nera.

"Il dottore mi ha detto che il mio sperma non è buono." Lentamente passa il piatto della lama del coltello sulla pancia di lei. "Ora dimmi di chi è questo bastardo. Poi liberatene."

"È tuo." Il respiro di Snow Lotus ora si è fatto molto veloce. La sua voce trema, è sull'orlo delle lacrime.

"Credi di essere la Beata Vergine Maria? Puttana del cazzo!" Le da uno schiaffo forte. L'immagine si inclina. Lo specchio dell'armadio mostra due sagome. La composizione è perfetta nella luce fioca.

"È tuo," ripete con voce debole.

Il coltello ora è davanti alla sua faccia, la punta sottile e affilata luccica di una luce fredda. Non posso più stare lì a guardare. Alzo le mani di Snow Lotus, afferro il suo polso e il manico del coltello, e giro il coltello, puntandolo contro il torace di Est. Non è preparato alla sua velocità e forza, e non sa come reagire.

L'intero corpo di Snow Lotus si muove in avanti, spingendo la punta della lama verso il petto del marito.

"Fermati!" grida Sorella Maggiore Shen . Ma non sto facendo niente. È Snow Lotus. Non riesco nemmeno a fermarla. Il coltello, con tutto il peso di Snow Lotus dietro, si pianta nella pelle dell'uomo, attraverso muscoli e costole fino al cuore. Un liquido cremisi esce dalla ferita e cola in giro, come fiori selvatici.

Guarda in alto, oltre Snow Lotus, come se vedesse un esistenza ancora più scura, lontano, finché l'ultima luce non lascia le sue pupille.

L'immagine rimane immobile per un po'. Colpiti da questo risvolto inaspettato, non sappiamo nemmeno cosa fare. Snow Lotus comincia improvvisamente a correre. Davanti a noi trema tutto violentemente. Corre verso il balcone, verso quella scheggia di cielo notturno.

Questa volta non sbaglio. Prima che si getti nel nulla, la trattengo. Snow Lotus si ferma come un fiore congelato e cade duramente contro il pavimento. Grida arrabbiata e lotta per poi abbandonarsi a lamenti disperati.

La morte è il placebo migliore.
In questo caso sono d'accordo con questo punto di vista.

Le sirene infrangono l'alba a Shazui. Accompagnati dalla polizia, Sorella Maggiore Shen e io camminiamo tra la folla e ci infiliamo nell'auto della polizia. Snow Lotus siede in un'altra auto, ammanettata. Da quel lato, le sue guance di porcellana sono illuminate da una luce a tratti blu a tratti rossa. Non alza la testa.

Gli occhi bassi, il ruggito del motore nelle orecchie, la sua sagoma trema, si offusca e sparisce lontana.

Ricordo la prima volta che ho parlato a Snow Lotus, e comincio la mia discesa verso la lunga strada del rimorso.

Esistono 193 specie viventi di scimmie con coda e senza coda; di queste, 192 sono coperte di pelo. L'eccezione è costituita da uno scimmione nudo che si è auto-chiamato Homo Sapiens.
Desmond Morris, *La scimmia nuda*

1

Dopo che ho chiuso gli occhi e tutta la confusione e il caos sono svaniti nell'oscurità, posso sentire il loro respiro profondo e pesante, sentire il puzzo dei loro corpi, schifoso quanto dolciastro; vederli scivolare lungo i muri o correre nei vicoli delle parti basse e malsane della città, le schiene curve, ombre guizzanti accompagnate da un grido acuto o uno schiocco secco quando pelle e carne vengono lacerate.

Posso vedere la luce nei loro occhi, un male puro e semplice, una bellezza chiazzata, come guardare in uno specchio.

Hanno dimenticato – almeno nel momento in cui quel piacere animalistico si impossessa dei loro corpi – non ricordano più il giuramento che abbiamo fatto, anche se era solo scritto sul retro di un tovagliolo del KFC. Forse la luce della razionalità è fragile come la carta: rischia di venire accartocciata, infradiciata, strappata.

E loro – il Profartssor Wang, Panda Jr, Miss Cola, Mlle Farfalla, Super... miei amici o nemici – non avranno tombe con i loro nomi.

Il sogno torna in ombre e frammenti, cercando di catturarmi in vortice policromatico, in quel mondo pieno di foreste, fiumi, monti e prati, dove aprirei ogni poro, mostrerei ogni centimetro della pelle, inseguirei il sole che cala oltre l'orizzonte, riempirei i polmoni d'aria profumata di humus fresco e vegetazione schiacciata, salterei, morderei, giocherei, mi accoppierei, farei tutto ciò che sono nato per fare, senza limiti, senza confini, senza repressioni.

Solo gioia. Gioia nuda.

Al quarto giorno della nostra prigionia da Super, il campanello suonò.

Anche oltre l'inferriata della porta si poteva sentire il gelo emanato dagli occhi dell'uomo con la giacca nera. Il suo naso fremette.

"Consegna."

"Non abbiamo ordinato cibo da asporto," disse Panda Jr., e cominciò a chiudere la porta.

"Invece sì," il tono dell'uomo era duro e imperioso, che non accettava rifiuti. Panda Jr. guardò Super, Super annuì.

L'uomo in nero entrò, i suoi passi lenti e drammatici resero subito l'aria densa.

In mano teneva una scatola: grigia, di fattura eccellente, identica a quelle scatole che avevamo ricevuto tutti. L'unica differenza era la riga di testo scritta in corsivo sopra.

Riciclaggio rifiuti.

In quel momento provai un sincero rimpianto per essermi unito al gruppo degli "Osservatori Animali" di Douban, rimpiangevo tutto.

Ma non ci sono cure per questo, no?

2

Non c'erano più di sei utenti attivi nel gruppo privato di Douban.

L'admin del gruppo usava il soprannome "Profartssor Wang". Era un professore del college in pensione, e i suoi post avevano un tocco accademico: "Osservazione sulle riforme economiche cinesi attraverso l'eusocialità degli *Hymenoptera*." "Natura mammifera? Sul futuro della monogamia" e così via.

Aveva perlustrato i post di vari gruppi di appassionati di animali e aveva invitato coloro che considerava colleghi viaggiatori a unirsi al suo gruppo privato.

"Miss Cola," sembrava una donna alquanto insoddisfatta delle performance sessuali del marito o del ragazzo. Tutti i suoi post erano sul vago, per così dire. Per esempio "Quali animali sono i più bravi a fare sesso?" Poi da qualche parte nel post chiedeva se mangiare i peni dei suddetti animali avrebbe aiutato gli uomini a diventare migliori amanti.

"Kung Fu Panda, Jr" era un nativo di Beijing del gruppo di quelli nati dopo il 1990. Gli piacevano i panda non perché fossero il tesoro nazionale della Cina, e nemmeno per via del film di Hollywood, ma perché, stando a lui, "Il panda ha la dentatura e il sistema digestivo di un carnivoro, ma deve consumare la dieta di un erbivoro. Ha un desiderio sessuale estremamente basso. Ogni anno ci sono sì e no due mesi in cui è interessato al sesso, ma ha un pene così piccolo che lo sperma non arriva abbastanza lontano. I biologi che vogliono preservarli devono mostrare ai panda del porno per ottenere lo sperma, ma anche con l'inseminazione artificiale la sopravvivenza dei cuccioli di panda è molto bassa. È un animale che è stanco di vivere e esprime ogni segno del suo essere autodistruttivo. Il panda sogna di andarsene in una macchina del tempo e tornare all'ultima era glaciale così che possa ammazzare ogni membro della sua stessa specie."

Non chiedetemi con che genere di stronzate gli insegnanti riempiono le teste dei loro allievi di questi tempi.

"34C Mlle Farfalla," era un nickname che ti risvegliava il cazzo. Tuttavia aveva spiegato che 34C non aveva a che fare con le sue misure, in realtà avrebbe voluto digitare il simbolo ° per gradi Celsius ma non lo aveva trovato sulla tastiera. Avrebbe dovuto dare l'idea di una temperatura corporea più bassa della norma, il che avrebbe dovuto evocare l'idea di una "bellezza glaciale".

Nelle conversazioni su Douban dava l'impressione di una persona testarda e verbosa, ed era ossessionata da come gli animali attiravano i loro partner.

E poi c'era "Übermensch" o, come lo chiamavo io, "Super", all'apparenza un automa da ufficio che lavora per la branca cinese di una ditta straniera. Non lo sopportavo, con quel soprannome da Nietzsche e i suoi post altezzosi infarciti da citazioni in lingua straniera.

Credeva che la società fosse così corrotta e prossima al collasso perché la maggior parte delle persone non si era ripulita completamente dei residui delle loro nature bestiali, un fatto che impediva a tutta la specie umana di elevarsi. Leggevo quel tacito sottotesto con l'idea che lui avrebbe voluto "ripulire" noialtri in qualche "soluzione finale".

Poi c'ero io, "Lu-Se" – esatto, la traslitterazione cinese per "loser", "perdente". Lavoravo in un'agenzia immobiliare. Ogni giorno, armato di segreti carpiti da *Teoria Dura e Nera* e *Come Trattare Gli Altri e Farseli Amici*, sbarcavo il lunario agli ultimi livelli della catena alimentare sociale. Tutti i miei sforzi erano diretti al semplice obiettivo di sopravvivere in questa giungla urbana e, se possibile, trasmettere il DNA della famiglia Lu, pieno di difetti.

Visto che ho sempre pensato di avere troppo poco tempo per troppi desideri, per me era naturale amare il delfino. No, non perché fosse una creatura collaborativa, di natura gentile e amichevole: per gli umani quelli erano difetti fatali. No, mi piaceva l'abilità del delfino di dormire con un emisfero del cervello mentre l'altro emisfero restava sveglio. Per me significava l'opportunità di avere due lavori: uno di giorno e uno di notte.

In passato il Profartssor Wang aveva spesso spinto tutti a trovarsi al Museo di Scienza e Tecnologia per vedere la versione 3D IMAX di *Avventure Sotto il Mare*, così che potessimo tutti studiare la narrazione classica di Zhao Zhongxiang. Le risposte erano sempre state svogliate. Però quella volta ci disse che aveva un annuncio importante, così io e Panda ci andammo.

Il Profartssor Wang vestiva in stile retro, con una camicia a maniche corte a righe e degli occhiali con la montatura in tartaruga. Con i capelli radi pettinati accuratamente sulla piazzola vuota in cima al cranio e l'odore di aglio emanato da ogni poro del suo corpo, sembrava davvero un tipico professore in pensione. Il sogno della sua vita era ottenere un finanziamento dal governo per un progetto speciale: una comunità chiusa composta da volontari di ogni età e genere dove poter fare esperimenti su "certi fenomeni" che aveva osservato in animali sociali. Sembra eccitante e un po' illegale, vero?

Il suo punto di vista era l'opposto di quello di Super: credeva che l'umanità dovesse studiare e portare avanti le fiere tradizioni del nostro passato evolutivo, un programma che vedeva molto più promettente e pratico rispetto alla foglia di fico dei sentimenti moralizzanti. Avrei voluto vederli litigare.

"Mi è arrivato un messaggio su Douban," disse il Profartssor Wang, "Stanno cercando degli amanti degli animali che si offrano volontari per testare un prodotto bionico."

"Pagano?"

Il Profartssor Wang annuì. Mi offrii subito volontario senza esitazioni.

Panda, pallido come un cadavere appena estratto da una vasca di formaldeide, alzò lo sguardo dal Nintendo DS e chiese apatico, "Che genere di prodotto?"

Il Profartssor Wang scrollò le spalle.

Tutto ciò che sapeva era che si trattava di un'azienda straniera. I volontari avrebbero dovuto compilare un questionario di ricerca e firmare un accordo di riservatezza, e solo coloro che avrebbero passato il test sarebbero stati selezionati per la fase di test prodotti. Gli interessati si sarebbero dovuti recare alla sala da tè Bifengtang su Haidian South Road quel sabato pomeriggio.

Dopo aver ricevuto la promessa che anche gli altri membri del nostro gruppo privato su Douban si sarebbero presentati, Panda finalmente fece cenno di sì con il suo nobile capo.

3

Con quel completo da quattro soldi l'uomo che estrasse i questionari dalla cartellina sembrava un venditore di assicurazioni. Purtroppo non era l'unico il cui aspetto non si abbinava alla mia immagine mentale.

34C Mlle Farfalla era davvero una 34C, eccetto che la sua circonferenza andava ben oltre la taglia di reggiseno. Vendeva biglietti sugli autobus cittadini, ed era palese che aveva usato ogni trucco possibile per rendersi attraente. Però ogni volta che i vostri sguardi si incontravano sentivi l'impulso di gridare "questa è la mia fermata!" prima di passare la tua tessera nella macchina davanti a lei e scendere dall'autobus.

Miss Cola si rivelò essere un uomo di mezz'età con una faccia onesta. Diceva di essere solo un impiegato del governo. Forse a causa dei suoi post imbarazzanti si sedette a un tavolo un po' distante da noi. Non ordinò niente da bere, preferiva bere da una bottiglia piena di erbe medicinali tradizionali cinesi immerse in un liquido giallo, come un piccolo acquario che non veniva pulito da un po'.

L'unico che corrispondeva alla mia immaginazione era Super. Era... persino più irritante del suo personaggio su internet. Indossava abiti di marca dalla testa ai piedi, inclusi degli occhiali dalla montatura nera e sottile, e ordinò pretenziosamente un cappuccino. *Ehm, scusa? Siamo alla sala da tè Bifengtang, cazzo! Tutto ciò che vendono qui è acqua zuccherata con colorante che costa 18 yuan al bicchiere, chiaro?*

Il questionario era molto completo, chiedeva di tutto, dal passato familiare all'anamnesi sanitaria, dal profilo psicologico alla passione per gli animali. Grammatica e vocabolario però davano l'impressione che fosse stato tradotto da una macchina. L'ultima domanda era: "Se potessi scegliere di avere qualità di animali, sceglierai:"

Scrissi subito la risposta che mi era stata in testa per anni. Volevo essere come il delfino, che ha un cervello i cui emisferi dormono a turno. Così potrei usare il tempo extra per fare più cose che voglio, per fare più soldi.

Gli altri, però, riflettevano profondamente su come rispondere alla domanda. Ero pieno di curiosità bruciante sulle loro risposte.

Il venditore di assicurazioni raccolse i nostro questionari compilati e ci informò che coloro che avevano passato il test sarebbero stati contattati separatamente. Salì con grazia sulla sua bici elettrica e sparì agevolmente nel denso flusso del traffico.

Noi sei rimanemmo lì, imbarazzati, nel bel mezzo della clientela usuale della sala da tè: studenti che giocavano al gioco da tavolo *La Leggenda dei Tre Regni*, a Texas hold'em e a *Pro Evolution Soccer*.

Non riuscivamo a trovare niente da dirci l'un l'altro, come un pugno di chat-dipendenti che si erano innamorati online ma non riuscivano ad affrontare l'incontro di persona.

Per rompere il ghiaccio cominciai a raccontare la mia storia personale di amante degli animali.

Ho avuto bachi da seta, tartarughe dalle orecchie rosse, gatti, cani, pappagalli, cavie, pesci rossi, lucertole, lumache, merli crestati, ragni, mantidi religiose, conigli, salamandre giganti e una gran varietà di insetti di cui mi ero dimenticato il nome. Adoravo guardarli mangiare, cagare, scopare, deporre uova, battersi per il cibo, ammalarsi e morire. Mi faceva sentire realizzato, come se fossi riuscito a comprimere tanti cicli vitali nella mia vita.

Miss Cola fissava la profonda valle tra le colline di Mlle Farfalla; Super ammirava il suo stesso mento sullo schermo del telefono, Panda Jr. faceva l'amore col suo Nintendo DS; e solo il Profartssor Wang mi guardava, annuendo ogni tanto, e il suo sguardo mostrava la stupidità e l'apatia unica degli esseri umani.

Per molto tempo dopo quel giorno avrei ricordato quella scena: piena di significato ma priva di valore.

4

Ricevetti una consegna espressa senza le informazioni del mittente, come il cibo da asporto consegnato al banco della reception. La scatola era grigia, e di squisita fattura. Aprii l'imbottitura di plastica per rivelare un casco in fibra di carbonio grigio argento, con tanto di adattatore di corrente e libretto di istruzioni in più lingue.

La sezione NOTE IMPORTANTI PER L'UTILIZZO mi informò che avrei dovuto selezionare la finestra di tempo attiva desiderata prima di indossare il casco e andare a letto. Non avrei mai dovuto, in nessuna circostanza, selezionare una finestra di tempo superiore alle otto ore.

All'accensione della lucetta LED rossa, l'avrei dovuto collegare all'adattatore di corrente. Non c'erano spiegazioni su come funzionasse il prodotto, né alcun tipo di certificazioni di sicurezza.

Eravamo tutti topi da laboratorio, e i nostri nomi erano sugli esoneri di responsabilità.

Per motivi di sicurezza, la prima volta che usai il casco lo regolai per un funzionamento di solo un'ora. Il casco ronzò come un alveare mentre lo indossai, e presto fui in un sonno profondo senza sogni.

Mi svegliai nel buio. Un'occhiata al telefono mi disse che erano le sei di mattina ma mi sentivo davvero riposato, come se avessi dormito per più di dieci ore. Incapace di reprimere la mia frenesia corsi al lavoro, solo per scoprire che le porte erano ancora chiuse. Aspettai fuori per una mezz'ora, e quando il direttore di filiale venne ad aprire l'ufficio, ci sorprendemmo a vicenda.

Mi resi conto che non mi ero mai davvero riposato. Il mio corpo era stanco e il mio cervello fiacco, come uno zoppo che inciampa nell'acqua. Dovevo far fatica a tenere l'attenzione lontana da tutte le distrazioni che avevo intorno anche solo per svolgere i compiti del giorno in maniera decente.

Ma dopo aver usato il casco mi sentivo completamente sveglio. Alle dieci di mattina avevo completato il lavoro del giorno. Stimolato, esplorai aggressivamente altri sbocchi commerciali regionali. Ogni sera, fine settimana inclusi, incontravo clienti, visitavo proprietà, negoziavo, completavo affari. Guadagnavo il triplo della mia commissione normale.

Il direttore di filiale mi prese da parte per un discorso. "Senti, sei giovane e ammiro il tuo spirito intraprendente.

Ero come te un tempo... ero così impegnato a scavarmi la mia strada che non lasciavo spazio agli altri. Senti, se non fai fare una brutta figura agli altri, gli altri non lo faranno con te... capisci?"

Certo che capivo. Il mercato degli alloggi di seconda mano era limitato, e la fornitura doveva venire assorbita nel tempo. Avevo molto tempo. Non c'era bisogno di sforzarmi così tanto nel mio lavoro, avrei trovato altre cose più importanti da fare.

Gradualmente allungai la finestra di tempo di uso del casco. Immaginavo che funzionasse regolando i livelli di attività di ogni singolo emisfero durante il sonno, consentendomi di aver bisogno di sempre meno sonno. Alla fine mi regolai per avere circa un paio di ore di sonno a notte, temendo che ogni ulteriore riduzione avrebbe sovraccaricato il mio corpo.

Leggevo i romanzi seriali popolari che la gente postava su internet, buttati fuori da autori disperati che facevano a gara per un paio d'occhi. Il casco non aveva aumentato il mio quoziente intellettivo, così molti classici e trattati intellettuali rimanevano troppo difficili per me. Quando mi stufai dei romanzi passai ai videogiochi. Dopo aver completato tutti i livelli deciso che mi serviva un secondo lavoro notturno per guadagnare più soldi. Provai una serie di lavori: commesso di notte a un Seven-Eleven, addetto ai parcheggi, commesso di un negozio di colazioni. Guardavo la sera calare sulla città, le luci accendersi, spegnersi e il cielo che tornava luminoso di nuovo.

Alla fine un tipo della mia stessa città natale che, come me, si era trasferito a Pechino, mi aiutò a ottenere un lavoro come trader – ci occupavamo dei mercati azionari degli Stati Uniti, così potevo lavorare di notte. Non avevo mai studiato finanza e non ero un genio della matematica, ma avevo un vantaggio che nessun analista o laureato in matematica aveva: non avevo bisogno di dormire; ero sempre concentrato, la mia attenzione era precisa come un laser. Il principio di base del trading tecnico a alta velocità era facile: compra a poco, vendi a molto. Per ottenere un guadagno bisognava avere dei limiti ben precisi di stop loss e profit target, minimizzare i costi delle transazioni, e raggiungere un alto tasso di successo con vendite frequenti. All'azienda non servivano trader troppo intelligenti o troppo ambiziosi, volevano gente proprio come me: laureati, indottrinati nella cultura da ufficio, macchine vestite di carne umana che potessero portare avanti un algoritmo senza sbagliare.

La paga del mio lavoro notturno presto superò le commissioni e i bonus del lavoro diurno. Dopo solo un mese avevo guadagnato l'equivalente dell'acconto di un piccolo appartamento. L'ansia mi catturò: non avevo mai visto così tanti soldi in tutta la mia vita. Nascondevo il casco come un gioiello prezioso, lo portavo con me anche quando andavo al lavoro. Avevo i nervi distrutti e non riuscivo a dormire, nemmeno per due ore. Terrorizzato all'idea di perdere tutto divenni paranoico, facile all'ira. Il vecchio me, rilassato e alla mano, era sparito. Mi trovai spesso a litigare coi clienti immobiliari, coi colleghi e persino col direttore di filiale. Sospettavo che tutti loro conoscessero il mio segreto e stessero progettando di uccidermi così da poter mettere le mani sul mio prezioso casco.

Era palese che non potevo più lavorare all'agenzia immobiliare. Sistemai la mia giornata in modo da dormire di giorno così da poter commerciare non solo coi mercati americani ma anche quelli europei. Fortuitamente cominciai a commerciare in futures, e il valore fece schizzare in alto i numeri del mio conto in banca, e anche i miei livelli di adrenalina. Era un gioco inimmaginabile, giocato con soldi veri.

Non ero più un mero agente immobiliare con commissioni, soddisfatto da un qualche migliaio di yuan al mese. Qualcosa di profondo nella mia anima era venuto alla luce sotto l'influenza del casco, e cresceva follemente come un mostro liberato dalle catene o un diluvio che superava una diga, distruggendo e divorando la mia pace e tranquillità di un tempo.

Anche le commissioni che guadagnavo con il trading non erano più sufficienti per stimolare i miei nervi, comparate con quanto guadagnavo per il mio capo commerciando futures la mia commissione era solo un errore di arrotondamento.

Aprii un account segreto tutto mio. Scommettendo tutto ciò che avevo, mi diedi al "rat trading", una specie di front running dove guadagnavo facendo trading proprio prima dell'account che gestivo per il mio capo, usando i soldi del mio capo per alzare i prezzi a mio beneficio.

I numeri continuavano ad alzarsi. E con l'estasi veniva il terrore. Ogni volta mi dicevo: *Basta. Ora di smetterla!* Ma una pulsione irresistibile mi costringeva a rimettere tutto sul tavolo e rialzare la posta. Non potevo farne a meno.

Appena prima della chiusura dei mercati di quel giorno, i miei account non stavano andando bene. Il telefono scelse quel momento inopportuno per suonare. In un'occhiata capii che si trattava del Profartssor Wang. Girai il telefono dall'altra parte per poterlo ignorare. Ma dopo un momento, vibrò e cinguettò fino a trascinarsi sulla superficie del tavolo. Dovevo rispondere.

"Lu-Se, tutto bene?" La voce del Profartssor Wang sembrava distante.

"Che vuoi dire?"

"Miss Cola... è morto."

La mente si svuotò per un momento a causa dello shock. Una terribile premonizione si stava rendendo vera. "Come?"

"Non lo so. Sei l'unico di cui mi fidi adesso."

Ero confuso da ciò che quella frase potesse implicare, ma i numeri rossi che che lampeggiavano sullo schermo mi confondevano ancora di più. Era una giornata terribile, i futures si stavano gettando da una scogliera.

"Ti richiamo," misi giù.

Vista la mia lista di successi avevo sempre operato mettendo in gioco tutti i miei fondi, senza tenere niente come riserva. Di fronte a tali perdite catastrofiche credevo ancora che fosse solo un adeguamento temporaneo che non necessitava della chiusura delle mie posizioni. L'eccessiva fiducia in me stesso e l'avidità mi avevano accecato, e stavo per pagare un prezzo altissimo – di cui i soldi non rappresentavano che la minima parte.

5

Il Profartssor Wang sembrava tutta un'altra persona. La testa pelata splendeva come se fosse stata lucidata, e l'odore di aglio era stato sostituito dall'acqua di colonia. Ogni movimento e gesto emanava un'aria di successo.

"Come hai saputo della morte di Miss Cola?" chiesi.

Sembrava voler evitare quella domanda. Invece mi disse che aveva parlato con la moglie di Miss Cola al telefono, che aveva risposto rigidamente a tutte le sue domande con *non so*. Alla fine aveva messo giù. "Quasi credevo di aver chiamato il ministro degli esteri per errore," disse il Profartssor Wang nostalgico.

"Allora solo l'azienda che ci sta facendo fare i test dei prodotti sa la verità," dissi.

"Beh, non 'solo." Il Profartssor sorrise ed estrasse una pila di documenti.

C'era una copia del questionario di Miss Cola. Era venuto fuori che il Profartssor Wang aveva pagato l'"ometto

94

delle assicurazioni" che aveva raccolto i nostri questionari. *Che vecchio volpone,* imprecai tra me e me. Ma i miei occhi cercarono avidamente le qualità animali desiderate da Miss Cola. *Mannaggia alla mia curiosità.*

"Miss Cola aveva detto di voler essere come i cerambici che hanno il soprannome di "insetti dell'amore." Il professore sembrò leggere la domanda silenziosa nella mia testa. "Come ci si può immaginare dal nome, si dedicano parecchio al sesso. In teoria un paio di questi insetti possono fare l'amore per nove ore ogni giorno, e ogni orgasmo dura novanta minuti, e oltretutto provano orgasmi multipli. Immagina tre orgasmi in fila, uno più potente dell'altro."

L'*invidia* doveva essere leggibile sulla mia faccia.

"Ovviamente tutto quel fare l'amore deve aver richiesto parecchio a Miss Cola," disse il Profartssor. "Come l'insetto, doveva recuperare le energie costantemente. Immagino che sia stato questo a ucciderlo alla fine."

"Sì, non penso che credesse troppo nella monogamia." Cominciai a capire le risposte rigide della moglie.

Stando ai tabulati della sua carta di credito, Miss Cola aveva passato parecchio tempo negli alberghi in quell'ultimo mese. Pagava persino per l'affitto a lungo termine di una suite di lusso in uno di quegli alberghi. Gli addetti alla reception guardarono le foto che gli mostrammo, ma la maggior parte di loro scosse la testa e spiegò che non potevano rivelare nessuna informazione privata sui loro ospiti.

Uno di loro, però, sghignazzò e disse "Abbiamo ricevuto parecchie lamentele per il rumore dagli ospiti dello stesso piano."

Miss Cola lavorava in un edificio del governo. Al costo di parecchi sforzi riuscimmo finalmente a incontrare alcuni colleghi. Ma nessuno di loro aveva niente da dirci a parte parole di lode per Miss Cola e la sua dedizione a servire il popolo, e onorare il suo spirito rivoluzionario dato che era rimasto alla scrivania fino al momento finale.

Eravamo a corto di indizi. Il Profartssor e io ci sedemmo di fronte ai cancelli dell'edificio governativo, non troppo diversi da contadini che avevano fatto un viaggio a Pechino per lamentarsi degli abusi del governo locale. Il Profartssor estrasse una bolletta di un telefono cellulare e indicò uno dei numero della lista, chiedendomi se lo riconoscessi.

Scossi la testa. È

"È 34C Mlle Farfalla."

Lo guardai sorpreso.

"È l'ultima persona che parlato con Miss Cola prima della sua morte."

"Ha ucciso lei Miss Cola?"

"Non lo possiamo escludere." Un sorriso inquietante apparve sulla faccia del Profartssor Wang. "Sai che animale ha scelto? Un raro ruminante il cui muschio è così ricco di feromoni che attrae tutti i membri del sesso opposto entro un miglio."

L'immagine che mi apparve in mente era sempre quella della venditrice di biglietti d'autobus di taglia XXXL truccata pesantemente.

Il telefono squillò saltandomi in mano. Era il mio capo all'azienda di trading.

"Dove cazzo sei finito? C'è stata una richiesta di margini e perché non hai chiuso le tue posizioni? Siamo nella merda! Torna subito qui!"

Il cervello svuotato, salii su un taxi senza nemmeno salutare il Profartssor.

La mia dimenticanza implicava che l'account che gestivo aveva perso tutto, inclusi tutti i profitti che avevo fatto, e che dovevamo ancora un sacco di soldi alla banca. Per fortuna il mio capo aveva chiamato il broker per chiudere la mia posizione con la forza e limitare i danni.

Non era il peggio, però. Ricordate il mio account segreto di rat-trading, quello con tutti i miei risparmi?

Già. Fine dei giochi.

6

Nel momento in cui la Mercedes-Benz SLK rossa di Mlle Farfalla si fermò davanti a me, il riflesso nel finestrino del lato passeggeri apparteneva a un autentico perdente.

Il mio capo era stato più gentile di quanto meritassi. Non solo non aveva preteso che sistemassi i conti, ma mi aveva persino pagato l'ultima commissione che avevo guadagnato. Non potevo lavorare più nel trading, ovviamente. Una linea sottile divideva un pezzo grosso da un pesce piccolo: un paio di numeri, un paio di tocchi sulla tastiera; un attimo prima ero più ricco di un principe saudita, quello dopo non valevo più niente, ero come un buco vuoto.

Ero quasi divertito. Non avevo né un auto di lusso né una casa carina; non mi ero mai goduto quelle prelibatezze speciale con prezzi da soldi del monopoli. I soldi avevano riempito il mio conto e poi erano spariti senza lasciar traccia, effimeri come la nebbia mattutina.

Dopo il mio licenziamento dal mondo del trading, cercai di ridurre la quantità di tempo in cui usavo il casco e di tornare a dormire normalmente, ma era impossibile. Incubi infiniti mi catturavano come pozzi di pece dalle cui grinfie non potevo scappare. In questi luoghi dei sogni ero come un animale, respiravo, correvo, mi accoppiavo, mordevo, graffiavo, attraversavo oceani e foreste e praterie e deserti, sentendo il profumo inebriante della pelliccia non lavata, sentendo il delicato suono del battito delle ali di ogni insetto della notte, vedendo colori e splendori mai visti prima quando il sole attraversava il tessuto vascolare delle foglie.

Poi mi svegliavo, esausto, incapace di formare pensieri normali.

Ero dipendente dall'elmetto. Non potevo smettere.

Il finestrino si abbassò. Le pieghe e i rotoli sulla faccia grassa di 34C Mlle Farfalla erano sempre molto grandi... ma c'era qualcosa di diverso in lei.

"Andiamo da qualche parte a fare due chiacchiere." Sorrise con aria provocante. Il cuore cominciò a battermi in fretta. *Che feromoni potenti!*

Mi raccontò la sua storia in un SPR Coffee.

Nella sua scatola grigia aveva trovato una bottiglia di profumo, una bottiglia che le aveva cambiato la vita. Quegli uomini che in passato la ignoravano improvvisamente le andavano dietro come se sempre eccitati, riempiendola di regali costosi e infastidendola con una sequela infinita di telefonate e messaggi. All'inizio si era goduta l'attenzione e si era tenuta vari amanti, ma presto aveva trovato un vero paparino, un uomo che aveva fatto una fortuna col carbone e ora investiva nell'immobiliare. Loro due si erano incontrati per caso davanti a una boutique di beni di lusso, distanti cinque metri l'uno dall'altra. Ma il pezzo grosso del carbone aveva perso ogni buon senso e l'aveva cercata con determinazione. Farfalla non aveva avuto altra scelta e aveva ceduto, anche se nel suo cuore era ancora in cerca del vero amore, di 'quello giusto.'"

Almeno così aveva detto.

Ma, proprio come me, era terrorizzata all'idea della perdita, del ritornare al passato, dove era stata il brutto anatroccolo che tutti ignoravano. Aveva assunto i profumieri migliori per cercare di riprodurre la formula magica, ma nessuno di loro c'è mai riuscito. I feromoni, senza odore né sapore, lavoravano attraverso un contatto diretto coi recettori nell'organo vomeronasale. Nemmeno gli scienziati riuscivano a produrre una curva accettabile di dose-risposta.

Cercò di ottenere informazioni sull'azienda misteriosa dal Profartssor Wang, ma lui era stato reticente. Incapace di trovare un'altra soluzione, aveva deciso di fare fronte comune con gli altri, sperando che tutti noi uniti saremmo stati capaci di scoprire chi era responsabile per la nostra situazione imbarazzante. Ma non si sarebbe mai immaginata che poco dopo averla chiamata per incontrarla il funzionario con la pancia da birra sarebbe morto senza spiegazioni.

"Credo che qualcuno stia cercando di eliminarci tutti uno alla volta e raccogliere tutti i nostri doni," sussurrò. "Con tutte le nostre abilità speciali diventerebbe invincibile." Era pallida come un lenzuolo, cosa che trovavo incredibilmente sexy.

Un nome mi spuntò in mente: l'uomo che odiava l'umanità.

"Dobbiamo riunire tutti e nasconderci in un posto sicuro." Tirai fuori il telefono e mi fermai. Mi resi conto che dopo aver pagato l'affitto per il mese sarei stato in bancarotta. Il me che un tempo emanava fiducia da tutti i pori e aveva dato per scontato la sicurezza era sparito con i numeri fittizi.

"Potremmo andare da me," disse. "È sicurissimo."

Non potevo fare a meno di esaminare quella frase alla ricerca di doppi sensi e sottotesti carnali.

7

Il suggerimento di Farfalla fu bocciato. Il Profartssor Wang sosteneva che il suo indirizzo era probabilmente già conosciuto. Panda Jr. era, come sempre, indifferente e svogliato. Super, come avevo previsto, aveva rifiutato di unirsi alla nostra alleanza.

Farfalla affittò la suite commerciale di lusso nell'attico di un Aparthotel in centro: tre camere da letto più uno studio, una stanza per gli intrattenimenti, cucina e palestra privata. Panda ci disse che gli andava benissimo dormire sul divano dato che tutto ciò che gli interessava era dedicarsi ai videogiochi. E così questa suite, con il suo eccellente vantaggio tattico sulla città, divenne la fortezza aerea di quattro osservatori animali – o sarebbe meglio dire la gabbia?

Ero curioso sul perché il Profartssor Wang avesse cambiato idea e si fosse unito a noi. Mi raccontò una storia.

Una notte il Profartssor era sull'ultima metro per tornare a casa. C'erano pochi passeggeri nella carrozza, perlopiù impiegati che avevano passato tutto il giorno in ufficio e ora si dedicavano a mandare messaggi, ascoltare musica e dormicchiare. Ma un passeggero in particolare aveva attirato la sua attenzione. L'uomo sedeva in diagonale nella carrozza leggendo un giornale, e i suoi occhi ogni tanto si alzavano dal giornale ogni tanto per osservare il Profartssor. Profartssor Wang si alzò di proposito e si avvicinò alle porte, fingendo di voler scendere alla fermata successiva. Lo straniero si mise a piegare il giornale, e il Profartssor notò che i titoli erano di una settimana prima.

"Quindi come hai fatto a sfuggirgli?" chiesi. Il Profartssor si stancava a fare due piani di scale. Non riuscivo a immaginarmelo che scappava o si cimentava in un combattimento da strada.

Il Profartssor Wang continuò con il suo inganno e scese dal treno. Si schiarì la gola e cominciò a recitare poesie con una voce roboante nel binario vuoto. I passeggeri in attesa dei treni si assieparono attorno a lui, creando gradualmente una folla di centinaia di persone. Alla fine due poliziotti della metro dovettero venire e portarlo alla stazione di polizia per spiegargli il suo dovere civile di non interferire con il regolare funzionamento del trasporto pubblico.

"Cosa avevi recitato?" Ero ancora più curioso.

"La Canzone dell'Uccello delle Tempeste di Gorky."

Per poco non sputai il mio drink.

Sghignazzando, il Profartssor Wang estrasse un fiocchetto bianco a forma di farfalla e se lo infilò nel colletto. "... è solo il fiero uccello delle tempeste che si libra fiero e libero sul mare grigio di schiuma!"

La sua voce non era rantolo secco e grezzo a cui ero abituato, era potente, energetica, carismatica, quasi infusa con una qualità magica indescrivibile che costringeva l'ascoltatore a essere a mercé della sua forza.

"Questa... questa è la caratteristica animale che hai scelto?" chiesi emozionato.

"*Acrocephalus palustris* o cannaiola verdognola. Può imitare i richiami di più di sessanta specie di uccelli." La voce del Profartssor Wang era piena di orgoglio.

"Posso riprodurre ogni voce che sento. Hai appena ascoltato un'imitazione di Li Moran, il maestro della recitazione poetica."

Scossi la testa, non riconoscendo il nome. Il Profartssor sospirò, mormorando qualcosa sul suo disappunto nella mancanza di conoscenze culturali di base palesi nella generazione post-1980.

Considerando la sua esperienza con lo sconosciuto sul treno, il Profartssor concluse che Mlle Farfalla non era la causa della morte di Miss Cola. Gli confidai il mio sospetto su Super, su cui era d'accordo. Certo, finché i nostri nemici rifiutavano di rivelarsi, tutto ciò che potevamo fare era starcene nascosti nella nostra fortezza e aspettare un'opportunità per contrattaccare.

Panda Jr. continuava a dedicarsi al Nintendo riempiendosi di snack.

Certo, sapevo già che aveva scelto il panda come suo desiderio animale, ma non vedevo molti miglioramenti nel suo programma di autodistruzione.

Il Profartssor Wang mi aveva spiegato che la sua ricerca aveva indicato che il cervello umano conteneva un registro dello sviluppo di tutta la nostra storia evolutiva. Appena lo strato e la posizione appropriata nella corteccia venivano stimolati, un'abilità animale speciale veniva attivata. L'unico problema era che non conoscevamo gli effetti collaterali.

Gli uomini fecero una richiesta collettiva a Mlle Farfalla di non usare il profumo finché stavamo nascosti. Ma confessò che era arrivata ad essere dipendente dal profumo. Chiederle di non metterlo sarebbe stato come chiedere a una donna che si truccava sempre di uscire acqua e sapone; si sarebbe sentita nuda. Il Profartssor e io rispondemmo che non sarebbe stato un problema se fosse stata letteralmente nuda.

Di solito dormivo per tre o quattro ore mentre tutti gli altri erano svegli, così il turno di guardia di notte spettava a me. In questo modo vivevamo in una strana armonia giorno dopo giorno. A volte Farfalla si svegliava nel mio letto, e poi se ne andava nella camera del Profartssor Wang. Tutti si limitarono ad accettare questa situazione senza parlarne troppo e incolpando silenziosamente i feromoni.

Siamo in guerra, no? Almeno non ci odiamo, non ancora.
Ma le circostanze si rifiutarono di rimanere quelle.

8

Continuarono a succedere cose strane.
Una volta, dopo essermi svegliato da un pisolino, trovai il casco da delfino sulla testa di Panda. Anche se il casco era spento e aveva spiegato che stava solo giocando perché

assomigliava a un casco per la realtà virtuale, un nuovo sospetto mi entrò in cuore.

Un'altra volta dubitai di me stesso. Il trasformatore vocale del Profartssor Wang era finito in qualche modo nella mia tasca. Non ricordavo di averlo messo lì, era come se parte della mia memoria fosse stata recisa. Sapevo che Wang aveva l'abitudine di nascondere il dispositivo sotto al cuscino, ma dato che era a letto, una gamba a penzoloni sull'altra a leggere *Intimate Behavior*, non avevo modo di restituirglielo in maniera discreta.

Poi mi venne un'idea. Mi misi il trasformatore vocale e imitai la voce di Farfalla.

"Wang, tesoro, vieni qui!"

Il Profartssor si levò dal letto e corse nella sua stanza.

Mi intrufolai dentro e misi il trasformatore vocale sotto al suo cuscino.

Il Profartssor tornò, con un'espressione a dir poco confusa sulla faccia. Quasi inconsciamente infilò una mano sotto al cuscino. Rassicurato, tornò a leggere.

Spesso notavo gli altri che imitavano gli animali, forse senza esserne consci. Il Profartssor Wang estendeva e ritraeva il collo rapidamente, cercando di usare la sua bocca-becco per grattarsi le ascelle:

Farfalla saltellava con grazia avanti e indietro su gambe e braccia, il suo tondo corpo da 160 kg che causava piccoli terremoti e faceva cadere i soprammobili dalle mensole; lentamente, molto lentamente, Panda rotolava in avanti, il corpo racchiuso in sé stesso: uno, un altro, un altro ancora.

Cercavo di non pensare al modo strano in cui mi comportavo io secondo loro.

C'era una sola spiegazione: le nostre nature bestiali stavano erodendo man mano la nostra coscienza umana. Forse era questo l'effetto collaterale di quei prodotti fantastici: amplificavano la cupidigia, la lussuria e il terrore nelle nostre anime. Dovevamo accumulare riserve, espandere continuamente il nostro territorio, garantire la nostra esistenza prima di qualunque altra cosa: tutto pur di mantenere quel senso di sicurezza delicato e fragile.

Le bestie in gabbia combatteranno. Rabbrividii.

Radunai tutti e spiegai la mia teoria. Il Profartssor Wang annuì.

"Forse questi prodotti sono stati progettati con l'idea di rinforzare l'un l'altro con una risonanza simpatetica quando siamo in prossimità l'uno dell'altro?"

"Credo dovremmo interrompere l'esperimento," dissi. Tre braccia si alzarono, concordi.

"È troppo tardi," disse Panda con gli occhi vuoti.

In quel momento le luci si spensero, e mi sentii il cuore in gola. L'oscurità inghiottì la stanza. Farfalla emise un grido penetrante e persistente; il Profartssor andò a sbattere contro la gamba di un tavolo, gemette e cadde a terra; grazie alla debole luce della città che entrava dalla finestra vidi Panda alzarsi lentamente, rotolare un paio di volte e aprire la porta.

Una sagoma familiare entrò con un tubo di metallo in mano. Senza una parola, colpì il Profartssor in testa con il tubo. Dopo un colpo sordo, il Profartssor crollò a terra. Poi fu il turno di Farfalla, e il pavimento tremò quando cadde.

Finalmente la faccia si piantò davanti ai miei occhi: era fredda, rigida, senza espressione. Alzò il tubo.

Übermensch nel buio.

9

Mi risvegliai nel buio, braccia e gambe legate strette. La stanza era vuota. Dietro di me si sentiva singhiozzare.

"Lasciami andare! Non mi piace questo gioco!" era la voce di Farfalla.

Una risatina fredda. Poi una voce che sembrava venire da una macchina.

"Posso uccidervi facilmente. Posso torturarvi come hanno torturato me. Ma non ci traggo alcun piacere, capite?"

"Non sei l'Übermensch che conoscevamo. Che dono ti hanno fatto?" il Profartssor Wang mi aveva detto che Super non aveva scelto nessun animale, aveva invece espresso il desiderio di essere libero da tutti gli istinti animali vestigiali e i desideri eccessivi.

"Niente. Nessuna medicina, macchina, istruzioni, proprio niente. Ciò che mi hanno dato non può essere portato via."

"Perché non ce ne parli?" Cercavo di stabilire un collegamento con lui.

"Sei ancora curioso, eh? Va bene, tanto vale esaudire il tuo ultimo desiderio."

Dopo aver riempito il questionario Super non aveva ricevuto nessuna risposta. Credeva di non aver passato il test. Ma una sera la sua auto proprio non partiva. Non ebbe altra scelta che prendere un taxi illegale. Un profumo dolce gli aveva riempito le narici e aveva perso conoscenza.

Si era svegliato in una stanza bianca e pulita. Anche se era cosciente, non provava niente negli arti e non poteva muoversi. Alcune persone vestite come dottori erano entrati nella stanza con vari strumenti. Gli avevano piantato una luce nelle pupille e gli avevano controllato il battito. Avrebbe voluto gridare ma non era riuscito a emettere suono.

Prepararono un trapano manuale, una sega a filo, una bella fila di bisturi, pinze, rulli di cotone chirurgico e un macchinario misterioso.

Non ci fu nessun dolore. Super sentì solo il trapano fargli dei buchi in testa, seguiti dalla sega a filo che tagliava il cranio, la cui parte superiore veniva portata via. Era così teso e terrorizzato che credeva che gli sarebbero usciti gli occhi dalle orbite.

Li vide estrarre dei cavi dalla macchina misteriosa, collegarli ad aghi lunghi parecchi centimetri e conficcare quegli aghi nel suo cervello. Una sensazione illusoria di qualcosa di freddo si fece strada nelle profondità della sua coscienza. Poi cominciò uno strano ronzio. Sentì che qualcosa veniva estirpato, distillato, estratto, e poi una pace e una serenità mai vista avvolsero la sua coscienza come una marea.

Restò in quella stanza per una settimana finché le ferite dell'operazione non fossero cicatrizzate. Lo bendarono, lo drogarono e lo infilarono in un'auto.

Le sue corde vocali e la sua lingua erano state le prime parti del corpo a riprendersi. Chiese loro chi fossero. Con sua sorpresa un uomo rispose.

"Siamo gli osservatori animali."

Super aveva realizzato il suo desiderio. Non provava più nessuna emozione: gioia, rabbia, dispiacere, paura, niente turbava la sua mente serena. Il suo cuore ora era come un pezzo di ghiaccio o di marmo. Trattava tutte le informazioni con logica e razionalità, e non era più infastidito dalle vestigia delle risposte provenienti da animali inferiori. Ogni decisione che faceva era giusta.

Scoprì che poteva prendere tutto ciò che voleva con pochi sforzi: soldi, potere, sesso, successo, perfino altre vite... ma il problema era che Super, con le qualità animali filtrate via, aveva perso anche tutti i desideri terreni. Gli obiettivi che motivavano chiunque altro erano incapaci di stimolare il suo cervello a produrre i componenti chimici per l'eccitazione e il piacere.

Era diventato letteralmente uno zombie.

Disperato, Super si era ricordato di Miss Cola. Aveva supposto che Miss Cola avesse chiesto dei medicinali per potenziare la sua potenza sessuale e le sue performance. Visto che il sesso era l'istinto animale più profondo, forse era quell' l'unico modo per risvegliare i suoi desideri. Aveva trovato Miss Cola, ma si era rifiutato di dargli il suo prezioso dono.

Per Super la situazione era semplice e logica. Usò il sesso per attirare Miss Cola dove lo voleva, e lo uccise.

Purtroppo però la droga che aveva funzionato così bene su Miss Cola non aveva alcun effetto su Super.

Super provò ogni possibile pista per trovare le autorità che gestivano l'azienda misteriosa, ma ogni volta fu un buco nell'acqua. L'organizzazione che ci aveva fatto questi regali sembrava dappertutto e da nessuna parte allo stesso momento. Logicamente giunse alla conclusione che l'unico modo di costringerli a esporsi era interferire con il loro esperimento, e ciò includeva i soggetti dell'esperimento.

È stato allora che Panda lo aveva trovato. Panda era un altro soggetto fallito. Odiava tutto, odiava i genitori, odiava sé stesso – ma non aveva il coraggio necessario a suicidarsi e trovava rifugio solo nel mondo illusorio dei videogiochi. Non sapeva cosa volesse davvero. Per abitudine o pigrizia aveva scritto "panda" nel questionario e come risultato aveva ricevuto una bottiglia di enzimi digestivi super-forti, in grado di scomporre fibre che normalmente sarebbero impossibili da digerire per il corpo umano. Anche in condizioni di carestia estrema sarebbe riuscito a vivere mangiando corteccia di albero e altre sostanze ricche di fibre. L'effetto collaterale era che avrebbe avuto sempre fame e avrebbe dovuto mangiare sempre. Panda era così pigro che non si era nemmeno fermato a leggere le istruzioni prima di bersi gli enzimi.

Un uomo che desiderava distruggersi aveva ricevuto invece il segreto per la sopravvivenza in condizioni estreme. All'universo piaceva fare questi scherzi.

Era un altro che cercava i distributori dei doni nascosti per chiedere loro di sistemarlo.

La terza era ovviamente Mlle Farfalla, che vedeva il suo profumo ricco di feromoni diminuire giorno per giorno. E così i cacciatori erano diventati prede, e gli inganni si stratificavano l'uno sull'altro, spessi e neri.

Panda fingeva di giocare ai videogiochi mentre rimaneva in contatto con Super. La telecamera della console, dall'altro lato, agiva come gli occhi e le orecchie di Super trasmettendogli tutti i nostri movimenti e piani. Eravamo come bestie in trappola in una gabbia, animali che venivano osservati e con cui qualcuno giocava. E non lo sapevamo nemmeno, E adesso le bestie aspettavano l'arrivo dei domatori.

10

Alla fine il predatore si fece vedere il quarto giorno.

L'uomo delle consegne vestito di nero annusò l'aria e abbozzò un sorriso. Una lingua insanguinata gli penzolava dalla bocca gocciolando saliva, come un cane bastardo affamato. Lasciò andare la scatola, e si sentirono una serie di freddi suoni metallici quando toccò terra.

Improvvisamente Panda si avvinghiò alla vita dell'uomo e strinse la presa come un panda aggrappato al bambù.

"Scappate!" ci gridò Panda. Finalmente capii che questo giovane, che era poco più che un ragazzo, non era troppo codardo per morire. Voleva che la sua morte avesse un significato.

Nell'istante in cui stavamo per correre fuori dalla porta il corpo di Panda attraversò il nostro campo visivo come un cuscino pieno di cotone e colpì la porta con un suono sordo. Si accasciò al suolo come un pezzo di carne sbattuta e non si mosse più.

L'uomo in nero si scrollò le spalle e si preparò ad attaccarci.

Super stappò il profumo ai feromoni e ne rovesciò l'intera bottiglia su Farfalla. Sconvolta e scioccata, emise un grido che fu interrotto da Super, il quale la gettò verso l'uomo in nero. Il naso del segugio si arricciò, e saltò sulla figura possente di Farfalla.

Ciò che seguì fu un chiasso disorientante formato dallo schiocco preciso della carne strappata, le grida di dolore e lo stridere dei denti che masticano.

Il profumo era così forte che sia io che il Profartssor Wang smettemmo di correre nonostante tutto. Sentivamo il corpo ribollirci come se avessimo la febbre. Solo Super era del tutto immune e si sforzò di aprire la porta per l'esterno, ma la gamba dell'immobile Panda bloccava l'uscita come un catenaccio.

Finalmente, accompagnato dal forte fragore di ossa spezzate, il corpo di Panda girò di 180 gradi sul terreno e la porta si aprì. Super si lanciò fuori. Il Profartssor e io stavamo per seguirlo quando ci scontrammo con Super, di ritorno come un boomerang.

C'era un secondo uomo vestito di nero davanti all'ascensore, la cui espressione era altrettanto strana e il cui sguardo era altrettanto freddo. La sua aura lupina ci costrinse a ritirarci nella stanza.

"Dammi il trasformatore vocale," disse il Profartssor Wang, a bassa voce.

"Cosa?" Super era confuso.

"Dammelo subito!" il Profartssor, che si era sempre comportato come un pacato studioso, aveva ora una faccia spaventosa dai tratti contorti.

All'altro lato della stanza, l'uomo in nero 1 alzò la testa da ciò che restava del cadavere di Farfalla e guardò negli occhi l'uomo in nero 2, che era appena entrato. Sembrarono capirsi in un attimo. Si avvicinarono a noi, due lupi che cacciano in branco.

Non avendo scelta, Super passò il trasformatore vocale al Profartssor. Lui mise il dispositivo a contatto con la gola, gonfiò il petto e piegò leggermente le ginocchia. Proprio mentre i due uomini in nero stavano per avventarsi su di noi, emise un ululato lungo e acuto.

I due cani si fermarono a mezz'aria come se ci fosse un muro invisibile a bloccarli. Caddero e si rotolarono a terra sofferenti, le braccia strette intorno alle teste.

Super e io eravamo così sconvolti che ci dimenticammo di fuggire. Il Profartssor Wang crollò in ginocchio e tossì sputando sangue.

Scuotendo la testa i due uomini si ripresero e si rialzarono. Super e io cercammo di passare oltre il numero 2 con la forza, ma si tenne agli stipiti della porta con entrambe le mani e ci respinse con un doppio calcio rotante.

Ma quasi immediatamente si rannicchiò e si coprì la testa con le mani dal dolore, naso e occhi accartocciati. La faccia del Profartssor Wang diventò rossa e le vene del collo gli si ingrossarono, e gli occhi iniettati di sangue si gonfiarono. Stava usando le sue ultime forze per emettere quel grido a ultrasuoni.

Quasi in contemporanea io e Super piegammo il corpo e colpimmo la testa dell'uomo in nero 2 con dei calci rotanti. Il collo si ruppe con un crack, e la testa gli si piegò ad una angolazione strana.

Quando salimmo in ascensore, esitai e mi girai a guardare il Profartssor Wang. L'ululato era diventato un debole piagnucolio. Non avevo scelta.

Super e io ci guardammo, ma non trovammo niente da dire. Usciti dall'ascensore fuggimmo d'istinto in direzioni opposte.

E così sono diventato un fuggiasco senza casa. Mi nascondo nelle parti più basse e umide della città, e vivo raccogliendo spazzatura riciclabile che può essere scambiata per cibo. Di notte sto al caldo rintanandomi in mucchi di giornali e stracci. Non oso cercare un lavoro, non oso andare dove ci sono delle folle, non oso usare i mezzi pubblici. Sono terrorizzato all'idea che appena rivelerò la mia identità torneranno sulla pista come cani che hanno annusato la preda. Non oso nemmeno dormire. *E se al mio risveglio fossi una belva senza controllo?*

Trovo un'immagine di Super nella pagina posteriore di una rivista di gossip, circondato da una cornice nera per indicare che il soggetto in questione è morto. Il titolo dell'articolo è "Dirigente di un'Azienda Straniera Rapinato e Assassinato" C'è un'altra immagine sfocata della scena del crimine.

So di essere rimasto solo.

Il giornale spiegazzato vola via in un mulinello d'aria. Come una cosa viva, danza triste nel vento. Anche se soldi, potere e sesso non significavano più nulla per lui, c'è qualcosa che Super non è riuscito a lasciare andare. Forse è qualcosa di tipico della razza umana, forse si chiama *dignità*. Non lo so. Questa cosa lo ha ucciso.

Alla fine mi trovano. Sono vestiti bene e non emanano un'aria di illegalità. Non estraggono un coltello, ma un contratto.

"Congratulazioni," mi dice l'uomo. "Hai passato il test. Benvenuto tra noi."

A quel punto intuisco la causa della morte di Super, e capisco la differenza più grande tra noi. Rifiutava che chiunque altro fosse padrone del suo destino. Anche nella morte era un fiero Übermensch che non cambiava mai. Io, d'altro canto, non sono mai stato padrone del destino. I miei desideri, se ridotti all'osso, possono essere riassunti in una parola: *sopravvivere*.

Un tempo mi chiamavo Lu-Se. Sono un osservatore animale.

Benvenuti allo zoo umano del ventunesimo secolo.

Note

1 Pubblicato da Li Zongwu, studioso e politico, durante l'anno della caduta della dinastia Qing (1911), questo trattato sul potere politico esplorava le trame machiavelliche di personaggi storici importanti come Cao Cao e Liu Bei. Anche se il trattato era originariamente stato scritto come opera di satira e critica, è stato interpretato dalla cultura affaristica moderna come guida (in ufficio e non solo). "Duro" si riferisce all'avere una scorza dura e "Nero" probabilmente all'avere un cuore nero.

2 Zhao Zhongxiang è uno dei conduttori tv cinesi più famosi. Ha anche fatto da voce narrante a programmi come *Mondo Animale* e *Uomo e Natura*.

3 Li Moran (1927-2012) è stato un famoso attore di cinema e teatro.

LA SOCIETÀ DELLO SMOG

Traduzione di Francesca Secci

Lao Sun viveva al diciassettesimo piano di fronte alla strada aperta, nulla tra lui e il cielo. Se si svegliava al mattino nell'oscurità, era opera dello smog di sicuro.

Attraverso l'aria cupa fuori dalla finestra, doveva strizzare gli occhi per vedere gli alti edifici che si stagliavano contro il cielo giallo-grigio sullo sfondo come una stampa in rilievo color sabbia. Le macchine sulla strada avevano tutte gli abbaglianti accesi e i clacson strombazzanti ed erano pigiate una contro l'altra all'incrocio in un gran casino. Non si poteva dire dove il cielo e la terra si incontrassero, e neanche si potevano distinguere le persone. Un mucchio di pedoni, con le facce impolverate sotto mascherine che li facevano sembrare mostruosità con la faccia di maiale, superava le macchine imbottigliate.

Lao Sun si lavò, si vestì e prese il suo kit. Prima di uscire, si assicurò di dare una spolverata alla foto incorniciata sul tavolo.

Salutò la ragazza dell'ascensore e la ragazza ricambiò dietro uno strato di garza. "Ci sono dodici gradi Celsius oggi con l'umidità relativa al sessantaquattro percento. La visibilità è meno di due chilometri e l'indice di qualità dell'aria di ottantasei indica smog acuto. Viaggiatori di lunga percorrenza, siate prudenti, per favore. Si consiglia ai bambini piccoli, agli anziani e a coloro con malattie respiratorie di rimanere in casa..."

Lao Sun sorrise, si mise la mascherina e uscì dall'ascensore.

Sulla sua leggera bici elettrica, zigzagò agilmente tra gli spazi del traffico brulicante. C'erano un sacco di bambini che picchiavano sui finestrini delle macchine vendendo giornali e periodici, ma nessun addetto alle pulizie. Lo smog sarebbe durato un altro paio di settimane. Inutile pulire le macchine ora.

Attraverso le lenti della mascherina, poteva a malapena vedere la strada davanti a lui per un paio di dozzine di metri. Era come se qualcuno si ergesse sopra la città versando giù polvere all'infinito. Il cielo era più scuro del terreno, sporco e appiccicoso. Anche con la mascherina, sembrava che lo smog potesse insinuarsi attraverso ogni cosa, attraverso dozzine di strati di membrane filtranti di nanomateriale polimero e nelle narici, i pori, gli alveoli, i vasi sanguigni, e da lì nuotare per tutto il corpo; riempirti fino all'orlo il petto impedendoti di respirare; e trasformarti il cervello in un rullo di cemento troppo spesso da girare o ruotare.

Le persone erano come parassiti rannicchiati nello smog.

In queste occasioni, Lao Sun pensava sempre ai vecchi tempi con sua moglie.

"Oh Lao Sun, non puoi guidare più piano, non c'è fretta."
"Mm."

"Lao Sun, fermati a quel negozio lì davanti, compro una bottiglia d'acqua per te."
"Mm."

"Lao Sun, perché non dici niente? E se ti cantassi una canzone? Ti piaceva cantare."
"Mm."

Lao Sun parcheggiò la bici sul ciglio della strada ed entrò nel grande grattacielo di lusso con tutti gli uomini e le donne lussuosamente vestiti che entravano e uscivano. Tutti indossavano mascherine, che li salvavano dal disturbo di salutarlo. Tuttavia l'amministratore dell'edificio fu educato con lui. Gli disse che uno degli ascensori pubblici era rotto, quindi gli altri erano affollati. Avrebbero dovuto usare il montacarichi sul retro, anche se significava salire a piedi un po' di piani in più.

Lao Sun sorrise e disse che andava bene, anche se l'amministratore non poteva vederlo, ovviamente.

Prese il montacarichi fino al ventottesimo piano, poi salì le scale fino alla piattaforma aperta all'ultimo piano. Lo fece ansimare e sbuffare un po', ma non importava. Dalla cima del grattacielo, poteva vedere meglio lo smog: le particelle aerosolizzate che opprimevano la città stavano sospese fitte come protoplasma, immobili.

Lao Sun iniziò a disfare la sua borsa, estraendo e assemblando ogni intricato strumento scientifico. Non gli era chiaro come funzionassero, ma sapeva come usarli per registrare la temperatura, la pressione, l'umidità, la visibilità, la densità di particolato, e così via. I dispositivi erano versioni migliorate di modelli per uso civile, meno precisi ma molto più trasportabili.

Gettò uno sguardo a nordovest. Avrebbe dovuto vedere palazzi imponenti e bianche pagode scintillanti, ma oggi c'era solo la stessa oscurità di ogni altro luogo.

Si ricordò di come appariva in autunno, le foglie rosse che tingevano i pendii strato dopo strato, che decoravano il terso cielo blu. Le torri bianche e le foglie che cadevano si riflettevano tutte sulla superficie smeraldo del lago: una tranquilla ariosità attraverso cui veniva trasportato il tubare dei piccioni.

Quel giorno, loro due erano seduti in una barca al centro del lago, remando in lenti cerchi. I remi disegnavano increspature che spostavano da parte le foglie cadute.

La dorata luce del sole si riversava sull'acqua, scintillando. Anche lei era ricoperta di luce dorata.

"Una cosa rara, avere una giornata tranquilla come questa. Sun, canta qualcosa!"

"Non canto da molto tempo."

"Mi ricordo che venivamo in barca qui vent'anni fa. Già vent'anni fa."

"È giusto. Il figlio di Lao Li ha quasi l'età che avevamo noi."
"..."
"Io... non intendevo quello."
"So cosa intendevi."
"Davvero, no."
"È inutile."
"Va bene, se è noioso torniamo indietro."
"Avrebbe dieci anni adesso."
"Non avevi detto di non parlarne?"
"Sun, ti voglio ancora sentire cantare."
"Scordatelo, torniamo indietro."

All'ora designata, Lao Sun registrava i dati e poi iniziava a fare le valigie. Sapeva che in quel momento c'erano più di un centinaio di individui come lui in ogni singolo angolo di quella città che facevano la stessa cosa. Appartenevano a un'organizzazione ambientalista civile, ufficialmente registrata come "Società Municipale per la Ricerca e la Prevenzione dello Smog", ufficiosamente nota con il più orecchiabile nomignolo di "Società dello smog". Il loro logo era una finestra gialla con una spugna che strofinava la sporcizia accumulata, lasciando un pezzetto di azzurro ceruleo.

La Società dello smog non era radicale come alcuni gruppi verdi, ma non era neanche sostenitrice del governo. Il suo status officiale era poco chiaro, il suo lavoro di basso profilo, il numero dei suoi soci in lento e costante aumento. Talvolta apparivano sui media, ma solo con calma e circospezione.

Tutti i gruppi avevano la loro visione del mondo e il loro stile, ma non tutti i punti di vista erano accettabili.

La Società dello smog sposava solo ciò che era accettabile: accanto ai pericoli biologici, lo smog causava anche danno psicologico, facilmente sottovalutato, ma con conseguenze più gravi e di più lunga durata.

Lao Sun si affrettò verso il successivo luogo di campionamento. Lungo la strada, vide alcune persone a faccia nuda: lavoratori manuali che non si potevano permettere le mascherine. Avevano la pelle molto più opaca e grigia del cielo, pervasa di un barlume nero come ruvida carta vetrata. Stavano costruendo un passaggio completamente chiuso per connettere insieme tutto il distretto economico centrale in modo che le persone non dovessero uscire.

Lao Sun sapeva che i filtri facciali antiossidanti erano di gran moda allora. Molte donne applicavano uno strato di spray facciale importato spesso trenta nanometri prima di indossare le mascherine. Bloccava la radiazione UV e le tossine, e si cambiava naturalmente con la pelle. Evidentemente, non tutti avevano una faccia abbastanza preziosa.

Se lo spray facciale fosse apparso qualche anno prima, l'avrebbe sicuramente comprato per sua moglie. Solo pochi anni prima.

Scosse la testa. Era come se la sua ex moglie fosse di nuovo seduta dietro di lui.

"Ai, Lao Sun, pensi che il tempo migliorerà domani?"

"Mm."

"Questo tempo tremendo mi fa sentire tutta oppressa, come se ci fosse una corda che mi soffoca, che diventa poco a poco sempre più stretta."

"Mm."

"Lao Sun, perché non ci trasferiamo da qualche altra parte? Lasciamo questo posto?"

"Saremmo dovuti partire prima, allora. Abbiamo un piede nella fossa, ormai. Dove dovremmo andare?"

"È vero, saremmo dovuti partire prima. Saremmo dovuti partire prima se proprio dovevamo partire."

" "

…

Frenò la bici. Era un grosso centro borsistico, dove ogni giorno un miscuglio di giovani e vecchi di ogni colore si univa per fissare gli enormi schermi LCD sospesi a mezz'aria, con le espressioni che mutavano con il rialzo e il ribasso di grafici e numeri. Era una gigantesca bisca clandestina, dove ognuno si riteneva un vincitore, o uno che lo sarebbe diventato.

Come al solito, Lao Sun salì sul tetto e iniziò le sue misurazioni.

Lao Sun conosceva vagamente un po' della filosofia della Società dello smog, ma non bene. Forse la sua posizione non era sufficientemente elevata. Si era unito alla Società dello smog per ragioni semplici: dare uno scopo alla sua vita monotona dopo la pensione. Certo, nel momento in cui si arrivava a vivere a quell'età, si tendeva a capire che avere uno scopo nella vita non era affatto più importante che vivere di per sé.

Un pomeriggio, era stato trascinato a un cosiddetto corso di consulenza psicologica, ubicato al decimo piano di un edificio fatiscente dove le porte degli ascensori cigolavano. Non era interessato, ma si era arreso alle preghiere del suo ex collega ed era andato con lui. In un primo momento aveva pensato che fosse qualche predicatore buddista o taoista che declamava filosofia per convincere la gente a dargli del denaro, ma scoprì qualcosa di diverso.

Prima riempì un quiz che indicava che il suo livello di depressione era di 73 su 100. Tra tutte le persone presenti, era giudicato inferiore alla media.

L'oratore coinvolse mellifluo il suo pubblico. Alcuni iniziarono a singhiozzare e gemere, altri si abbracciarono stretti l'un l'altro e rivelarono i loro segretucci più nascosti. Lao Sun non aveva mai visto niente del genere. Non sapeva cosa fare. Qualcuno gli diede una pacca sulla spalla: una signora di circa trent'anni, che si sarebbe potuta considerare bella, anche se non abbastanza da smuovere uno dell'età di Lao Sun.

"Mi dispiace disturbarla, ma ho visto il suo foglio delle risposte. Ha menzionato il clima come fattore."

"Mm. Lo smog."

Lei si presentò come l'amministratore della Società Municipale per la Ricerca e la Prevenzione dello Smog. Lui non ricordava il suo nome.

"Sembra che non le piaccia parlare. Ha in mente qualcosa?"

"Mm."

"La nostra associazione sta reclutando volontari in questo momento. Forse potrebbe essere interessato. Ecco il nostro volantino."

Avrebbe voluto dire di no, ma diede un'occhiata al volantino e alcune parole attirarono il suo sguardo. Accettò.

"Forse possiamo offrirle un nuovo punto di vista sullo smog."

"Mm?"

Lao Sun avrebbe voluto chiedere di più, ma lei si era già allontanata. Uno spettro gli comparì davanti agli occhi in quel momento: sua moglie. *Lo smog causa un aumento sui tassi di depressione nei residenti in città.*

Così cominciò.

L'opinione attuale ritiene che lo smog sia il prodotto dell'inquinamento industriale combinato con modelli climatici naturali. Gas di scarico di auto e industrie e altre forme di particolato artificiale sono intrappolati nelle inversioni termiche dove la temperatura dell'aria decresce con l'altitudine, fredda in cima e calda in fondo. Uno strato di inversione si forma a 100 metri dalla superficie e si chiude sopra il terreno come il coperchio di una pentola. Senza vento, gli inquinanti nella città si disperdono troppo lentamente e diventano concentrati vicino alla superficie. Combinati con la carenza di precipitazioni, la forte luce solare e la bassa umidità, le condizioni promuovono reazioni fotochimiche tra gli inquinanti finendo per formare lo smog.

Al momento, non ci sono metodi di prevenzione.

Per Lao Sun, accanto a bronchite, enfisema acuto, asma, faringite, ictus e altre malattie fisiche, la più immediata conseguenza dello smog era il senso di rimozione dal mondo. Che si avesse a che fare con persone o cose, ci si sentiva come separati da uno strato di vetro gelato. Non importa quanto ci si provasse, non si poteva davvero vedere o toccare.

Che le mascherine pensate per proteggere dallo smog aggiungessero un secondo strato era particolarmente ironico. Il distacco, il torpore, lo straniamento e l'apatia ora avevano tutti una palese scusa fisica per esistere.

La città era avvolta. Le persone erano avvolte.

Mentre Lao Sun guidava la sua bici, i cavalcavia dell'autostrada si attorcigliavano in alto come draghi giganti, alternando luce e ombra. Ampliavano le strade ogni anno, ma il traffico diventava sempre più congestionato. Anche così, tutte queste persone restavano desiderose di stringersi nelle loro macchinette e guardare le code infinite strisciare in avanti centimetro per centimetro. Si nascondevano nelle loro scatole di metallo di quattro o cinque metri quadrati e si tenevano a distanza di sicurezza dal mondo e dalle altre persone.

E così anche l'inquinamento dell'aria peggiorava.

Alla fine raggiunse la sua destinazione finale, un asilo chiamato Girasole.

L'Asilo Girasole era costruito su una piattaforma ferroviaria sopraelevata e sembrava una gigantesca serra di vetro con bambini che studiavano e giocavano in ogni piano. Non avevano bisogno di mascherine; i genitori dovevano pagare il conto di costosi sistemi di circolazione dell'aria, ma anche così, guardando quei visi nudi, sani e rosei che piangevano o ridevano, sembrava che ne valesse la pena.

Almeno erano ancora genuini. Almeno avevano ancora speranza.

Ogni volta, Lao Sun fissava con smania i bambini dietro il vetro, perdendo la cognizione del tempo. Mentre guardava quelle anime esposte che ruzzavano e scherzavano, un'altra voce risuonava, così vicina da sembrare proprio accanto a lui, così lontana da sembrare decenni nel passato.

"So cosa stai pensando."

"No, non lo sai."

"Lo so."

"No. Non. Lo. Sai."

"Va bene, va bene, non litighiamo. Te lo prometto, altri cinque anni."

"Cinque anni! Potrò ancora generare un figlio tra cinque anni?"

"Ci sono un sacco di trentenni che hanno figli oggigiorno. Le nostre finanze sono così così e il nostro ambiente un tale casino schifoso che sarebbe ingiusto per il bimbo. Lavoreremo sodo per ancora qualche anno e poi andremo in un posto migliore per avere un bambino, facciamolo crescere in un bel posto."

"Stai parlando di una pia illusione, lo fai sempre."

"Anche essere capaci di farlo bene è un'abilità. Andremo dal dottore nel pomeriggio."

"Voglio sentirti cantare."

"Certo! Tutto quello che vuoi sentire."

Lao Sun sentì un sapore salato all'angolo della bocca. Qualcosa gli era sceso lungo il viso e tra le labbra.

Strano come il presente sembrasse così confuso, quando poteva vedere e sentire tutto nei suoi ricordi così chiaramente. Talvolta si svolgevano ripetutamente nella sua mente.

Ecco perché si diceva che le persone anziane diventassero nostalgiche.

Quella conversazione era vecchia di decenni. Quando si è giovani, il denaro è importante, una casa è importante, una macchina è importante – tutto è importante – eppure si finisce sempre per trascurare le cose più importanti di tutte. Nel momento in cui si guadagna tutto il denaro e si ottengono tutte le cose che si dovrebbero avere, alcune cose sono perse per sempre. Lao Sun lo capiva ora, ma era già vecchio.

E fino a quel momento, nessuno aveva inventato una macchina del tempo, o una pillola per portare via il rimpianto.

Lao Sun doveva presentare le sue registrazioni al centro di analisi dei dati del quartier generale della Società dello smog, ma non sapeva come usare internet, quindi doveva trovare Xiao Wang, uno dei suoi "smog-colleghi". (Era come i membri si chiamavano a vicenda.)

Xiao Wang si era unito alla società mezzo anno prima di Lao Sun. Aveva un lavoro durante il giorno e passava il suo tempo libero con la società. Provenivano dalla stessa città, quindi avevano finito per avvicinarsi.

Xiao Wang sembrava in qualche modo eccitato mentre faceva entrare Lao Sun nel suo ufficio e faceva versare alla sua segretaria un bicchiere d'acqua. Poi chiese: "Quindi non lo sai ancora?"

Lao Sun scosse la testa, confuso. "Sapere cosa?"

"La nostra associazione ha presentato il rapporto al governo."

"Quale rapporto?"

"Il rapporto di ricerca sullo smog!"

"Oh. Be', non è che riusciremo a vederlo."

"Ehi, passo il mio tempo libero ad aiutare la Società dello smog a processare i dati. Conosco la sostanza del rapporto. Solo, non diffonderlo in giro."

"Non preoccuparti. A chi dovrei parlarne?"

"Conosci la dichiarazione centrale della Società dello smog, giusto?"

"La cosa sullo smog e la malattia mentale? Chi non la conosce?"

"La maggior parte delle persone conosce solo la correlazione tra lo smog e la malattia mentale, non il rapporto di causa effetto."

"Cosa intendi?"

"Pensavi che fossimo solo osservatori del clima, Lao Sun?"

Xiao Wang iniziò a spiegare la teoria più profonda. Il monitoraggio della Società dello smog aveva tre componenti. Lao Sun partecipava al monitoraggio di base del clima. In aggiunta, a ogni sito di campionamento, venivano monitorati gli stati psicologici delle persone rilevanti. Il metodo esatto non era chiaro: forse con campionamento di chip miniaturizzato RFID, forse con l'ingresso nei sistemi o nelle reti di sicurezza, forse usando dolci gratis con questionari allegati. Certo, il modo più facile e accurato era pagare la popolazione target per scaricare programmi che mostrassero a video domande di sondaggio a cui rispondere in momenti specifici. In ogni modo, ce l'avevano fatta. Più segretamente, conducevano esperimenti di laboratorio, ricercando la distribuzione aerosolica nell'atmosfera, l'elettrosensibilità degli idrocarburi organici, i campi bioelettrici, le manifestazioni fisiche di condizioni psicologiche sotto diverse circostanze ambientali e altri argomenti simili.

Un fondamento della statistica è usare una grande quantità di dati a lungo termine per eliminare deviazioni di campionamento e altre fonti di errore.

Tutti questi sforzi avevano un solo scopo: creare un modello matematico dello smog per esaminare la connessione tra i sistemi aerosolici e gli stati psicologici umani, verificando le condizioni climatiche.

Avevano scoperto che i campi bioelettrici generati dai gruppi mostravano coerenza: la sovrapposizione di picchi e valli faceva sì che il campo bioelettrico di una determinata area fosse prossimo alla costanza. Era come la saggezza popolare che il buono e il cattivo umore erano entrambi contagiosi. E questi campi bioelettrici su vasta scala, a loro volta, influenzavano la distribuzione delle particelle aerosoliche. Generalmente, minore era il livello di salute psicologica, maggiore era la densità di particolato, e più stabile la sua formazione; in altre parole, più spesso era lo smog e più era disperso lentamente.

Avevano anche trovato che dentro il sistema di distribuzione di particolato c'erano bande di maggiore densità simili a correnti oceaniche, per la maggior parte collocate lungo le strade principali con traffico molto congestionato, a lento scorrimento, che si dissipavano una volta che il traffico si spostava lentamente per riunirsi nelle aree vicine con alta densità di popolazione.

I siti di campionamento nelle aree residenziali più densamente popolate e del distretto economico centrale mostravano densità di particolato significativamente più alte della media degli altri siti di campionamento. Queste aree avevano anche i più bassi livelli di salute psicologica. Al contrario, le aree con popolazioni dense di adolescenti e bambini avevano alti punteggi di salute psicologica e la qualità dell'aria tendeva a essere migliore. E nei grandi centri borsistici, il punteggio di salute psicologica, l'indice di qualità dell'aria e i prezzi di borsa erano tutti strettamente collegati.

Il rapporto di causa effetto funzionava anche nell'altro senso: lo smog abbassava i punteggi di salute psicologica della popolazione. Perciò, salvo cambiamenti metereologici di rilievo, aggressivi fronti freddi o un aumento del vento, lo smog avrebbe continuato a rafforzare la sua stretta.

Lao Sun ascoltò con meraviglia la spiegazione di Xiao Wang. Gli sembrava allo stesso tempo di capire un po' e di non capire affatto. Infine disse: "Quindi lo smog è causato da come ci sentiamo."

Xiao Wang batté le mani: "Ho blaterato tutte quelle fesserie e tu le hai riassunte in una frase. Uau!"

Lao Sun replicò: "Ci piaceva parlare del cuore, non del cervello. Oggigiorno è l'opposto."

"Ci siamo modernizzati. Ora usiamo la scienza."

"Ad ogni modo, non dovremo più registrare il tempo?"

"Non necessariamente. Dobbiamo vedere come risponde il governo."

Lao Sun salutò Xiao Wang e ritornò a casa. C'erano ancora avanzi nel frigo, pronti da scaldare e mangiare.

Pronti da scaldare e mangiare. In quel momento, gli sembrò di essere ritornato a quella notte calda e umida. Loro due erano sdraiati fianco a fianco, incapaci di dormire.

"Lao Sun, pensi che domani sarà una buona giornata?"
"Mm."

"Ho avuto un paio di giornate strane. Continuo a sognare cose di prima, di quando ci eravamo appena incontrati."
"Mm?"

"Il cielo era sempre blu allora, e le nuvole erano bianche. Non c'erano così tanti edifici. C'erano grandi alberi di paulonia su entrambi i lati della strada e, quando il vento soffiava, le foglie frusciavano, shhh shhh. Mi portavi in bei posti con la tua bici. Non c'erano neanche così tante macchine allora. Le strade erano così ampie e aperte che potevi vedere completamente da una parte e dall'altra. Il sole non era sporco. C'erano uccelli e cicale. Pedalavamo fino alla periferia della città e ci sdraiavamo sull'erba dovunque ci piacesse. Si stava così bene. Lao Sun, ti ricordi, vero?"

"Mm."

"Mi ricordo anche che avevi così tanti trucchi divertenti allora. Facevi il giocoliere, suonavi l'armonica e volevi sempre cantarmi canzoni. Non volevo ascoltare e tu mi inseguivi cantando, cantando... com'era quella canzone?"

"..."

"Esatto, ora mi ricordo. 'Giovani amici si uniscono', vero? Ahah."

"..."

"Lao Sun, domani mattina voglio uscire per un po'. Ho messo la colazione in frigo per te, devi solo scaldarla e mangiare. Stai dormendo?"

"..."

Il giorno dopo, quando Lao Sun si era svegliato, sua moglie se n'era già andata. Aveva estratto il pasto dal frigo, l'aveva scaldato e l'aveva mangiato. Il bucato della notte prima era ancora appeso sul balcone. Il cielo era ancora grigio.

Lei non era mai tornata.

Lao Sun era stato improvvisamente preso dal panico, come non gli era mai successo prima. Non era stato preso così dal panico se non la prima volta che l'aveva vista.

Si ricordava di come aveva scavato nel suo cuore per trovare cose da dire, allora, mentre lei rispondeva così noncurante. Si sentiva frenetico come una formica su una pentola bollente. Poi avevano cominciato a uscire insieme e non c'era fine al botta e risposta. Poi si erano sposati. Occupandosi ognuno della propria carriera, avevano avuto meno tempo insieme, e meno cose da dirsi. Si parlavano un po' di più solo quando litigavano. La carriera di lui aveva alti e bassi e lei si perdeva i suoi migliori anni fertili. Lei aveva cominciato ad assillarlo; lui aveva cominciato a mordersi la lingua. Litigavano e minacciavano il divorzio, ma alla fine nessuno dei due poteva lasciare l'altro.

Una assillante, l'altro silenzioso, avevano trascorso così tanti anni. Sembrava che entrambi si fossero abituati. Se non eravate destinati ad amarvi, non sareste stati insieme, pensava Lao Sun. Non sarebbe stata affatto una brutta vita, stare così fino alla fine. Ma quasi alla linea d'arrivo, lei se n'era andata.

Lao Sun sentì il suo cuore svuotato in quel momento, sgonfiato in nulla, come un pallone scoppiato.

Una settimana dopo, la Società dello smog si sciolse. Alcune persone del governo invitarono Lao Sun a prendere un tè e a "parlare" ma dopo gli consentirono di andarsene.

Diversi leader dell'organizzazione erano spariti e anche i membri centrali erano stati "convocati per una chiacchierata". Quando tornarono, non dissero niente. Quando incontravano smog-colleghi, li guardavano come estranei.

Dopodiché si diffusero delle voci. Qualcuno diceva che lo smog sulla città fosse in realtà una nuova arma climatica del nemico del paese, mentre altri dicevano che fosse un effetto collaterale dei nuovi test bellici segreti del paese stesso andati male. C'era una teoria anche più audace che dichiarava che lo smog era in realtà una massiccia forma di vita gassosa. Questa (o forse questi) si era ammucchiata sopra la città, costituita da gas di scarico industriali e acido nitrico, acido solforico e particelle di idrocarburi dai gas di scarico delle automobili. Stava lentamente dissolvendo il calcio nelle ossa umane. Col tempo le persone sarebbero state affette da osteoporosi e rachitismo. I bambini e gli anziani si sarebbero facilmente rotti le ossa, diventando persino paralizzati.

Certo, le voci furono velocemente smontate. Dopo un'indagine, la storia del mostro succhia-calcio fu fatta risalire a un produttore di integratori di calcio. Le sue pratiche di marketing senza scrupoli furono punite come meritavano. Il governo si impegnò a formulare un piano quinquennale per restituire cieli blu alle persone.

Per quanto riguarda il rapporto, fu come se non fosse mai esistito.

Oggi era di nuovo coperto di smog. Lao Sun si alzò presto come al solito, si lavò, si vestì e prese le sue cose da viaggio. Prima di uscire si assicurò di dare una spolverata alla foto incorniciata sul tavolo. La donna nella cornice gli sorrise.

Quella foto ora aveva più di dieci anni.

Sorrise alla ragazza dell'ascensore. La ragazza dell'ascensore vide la mascherina che aveva in mano e rispose al sorriso.

Lao Sun si mise la mascherina e inforcò la sua bici elettrica. Era ornata di luci e stelle filanti di tutti i colori e suonava musica allegra. Per tutto il tragitto, i passanti con mascherine a muso di maiale lo guardavano, lo indicavano. La sua bici era come un pappagallo brasiliano che sfrecciava attraverso un deserto, brillante, colorata e rumorosa.

Andò dritto all'Asilo Girasole, scese dalla bici e rimase di fronte alla massiccia serra.

Lao Sun aprì la borsa e tirò fuori i suoi strani gingilli. Prima riempì dei palloncini a elio e li lasciò fluttuare in alto. I bambini arrestarono i loro giochi e corsero alla finestra per guardare quell'uomo con la maschera da clown. La musica continuò a suonare dagli altoparlanti della bici. Lui seguiva il ritmo, contorcendo il corpo lentamente e comicamente e iniziò a fare il giocoliere.

"Ecco, posso far roteare tre arance in una volta. Guardate!"

" "
...

"Non guardate? Allora suonerò l'armonica per voi. Non ho neanche bisogno delle mani. Posso cambiare tonalità anche solo con la lingua."

" "
...

"Allora canterò per voi. Quale canzone volete sentire? Le conosco tutte!"

" "
...

Lao Sun stava respirando con difficoltà. Qualcosa gli era scivolato lungo il viso e dentro la bocca, salato. I piccoli folletti avevano gli occhi sbarrati, le loro facce premute contro la finestra, rosa e bianche. Stavano ridendo, mostrando i denti, alcuni di loro anche tenendosi la pancia. Anche gli educatori stavano ridendo.

"So quale canzone vi piacerà. Ve la canto subito..."

"Non puoi saperlo!"

"Lo so. Ascoltate se non mi credete."

"Sei tutto chiacchiere!"

Una vecchia canzone suonò dagli altoparlanti.

... Giovani amici, noi giovani amici, ci riuniamo oggi

Remando le barche mentre soffia il vento caldo...

Fiori dolci, cinguettio d'uccelli, il sole primaverile per inebriarti

E le risate volano attorno alle nuvole in cerchio...

La melodia, che era così lieta da rasentare l'assurdo, trapassava il vetro. I bambini iniziarono a muoversi con la musica, seguendo il clown nella sua ginnastica. Ridevano tranquilli, cantando, ballando, esultando, ogni faccia nuda che brillava dorata.

Lao Sun guardò il cielo. Anche lo smog sembrava assottigliarsi.

Ancora mi ricordo molto bene di quella mattina. Mentre mi stavo mettendo la cravatta davanti allo specchio, Lida si rigirò nel letto e mi guardò con aria confusa.

"Che c'è?"

"Ho fatto un sogno." Esitò, cercando le parole giuste per esprimere cosa stava pensando. La luce del mattino scintillava sulla curva graziosa della sua spalla. "Ho sognato che stavi per lasciarmi."

Avevo riso ma subito mi fermai. Aggiustandomi la cravatta mi sedetti sul bordo del letto e mi piegai per baciarla.

"Non ti lascerò mai e poi mai. Non finché vivo."

Dalla sua espressione capii che era esattamente ciò che aveva sognato.

I sogni si sbagliano sempre, mi dissi.

Il sogno di Lida non si avverò mai. La realtà si rivelò di gran lunga peggiore.

Accadde senza alcun preavviso.

Un dolore repentino mi afferrò il cervello come se avessi inghiottito un boccone di gelato troppo in fretta. Fu come se una serie di artigli affilati si stringesse attorno alla mia testa in una morsa, poi mi lasciasse e mi serrasse di nuovo più forte. Il rapporto finanziario mi cadde di mano, i fogli si sparsero sul pavimento.

Ann mi chiese se era tutto a posto.

"Sto bene," la liquidai, e mi chinai per raccogliere i fogli.

Avevo pensato di andare di sopra e consegnare il rapporto al mio capo. Mentre facevo le scale notai quanto fossero rigidi i miei muscoli. Strinsi forte il corrimano e cercai di salire un passo alla volta, ma era come se mi vedessi dal di fuori. Il mio corpo non era più mio – era un pupazzo di forma umana che mi somigliava e basta.

Il pupazzo diede il rapporto al mio capo e poi si chiuse in uno dei bagni. Credevo ancora di potermi riprendere.

Il mal di testa peggiorò. Poi, in un attimo, fu come se qualcuno avesse tolto il volume al mondo, e l'unica cosa che potevo sentire era una voce nella mia testa: *Va tutto bene. Tra poco starai meglio.*

Il tentativo di calmarmi fallì. La situazione stava peggiorando. Non riuscivo a sentire i confini del mio corpo, era come se mi fossi fuso con le pareti in compensato del bagno. Mi stavo gonfiando, crescevo senza vederne la fine. Mi sembrava di riempire il bagno fino al soffitto alto tre metri e mezzo e di strabordare ancora più su, fuori dall'edificio, verso le profondità dell'universo.

Cercai di mettermi in piedi ma mi resi conto che le gambe non mi obbedivano più. Tremando, ero riuscito a estrarre il telefono, ma le mie dita erano così rigide che non riuscivo a tenerlo stretto.

Con uno sforzo, riuscii ad aprire la rubrica, solo per scoprire che non ero in grado di leggere niente. I nomi che avrebbero dovuto essere familiari sembravano scarabocchi senza senso. Ero incapace di tenere a freno il terrore: *Cazzo! Che mi succede?*

Mi sforzai di calmarmi. Non potevo leggere le lettere, ma ricordavo ancora i colori e le forme. Sapevo quale tasto avrebbe riprodotto la lista delle chiamate recenti. L'ultima chiamata ricevuta era della *reception* per dirmi che era arrivato un pacco per me.

Premetti il tasto, aspettandomi di sentire la voce dolce, quella che mi avrebbe salvato.

"Oo-oo? Oo-oooo."

La voce proveniente dall'auricolare suonava come il lamento di un animale.

"Aiuto! Sono nel bagno degli uomini all'ottavo piano. Vi prego, mandate qualcuno!"

Gridavo nel telefono, ma ciò che usciva dalla mia bocca era lo stesso ululato animalesco.

Disperato, alzai le braccia rigide e le sbattei contro la porta del cubicolo, sperando che qualcuno mi sentisse.

La porta si spalancò. L'impeto mi spinse fuori, e caddi faccia a terra. Non sentivo dolore, solo pace, una pace straordinaria. Era come se tutta la tensione e le preoccupazioni se ne fossero andate e avessero cessato di esistere. Per un attimo pensai: *Non è così male*.

Alla fine qualcuno mi trovò sul pavimento del bagno. Che cosa imbarazzante.

Venni sollevato in una barella, caricato in ambulanza e trasportato al pronto soccorso, dove vidi dottori e infermiere nei loro camici bianchi che facevano avanti e indietro mentre trafficavano sul mio corpo. L'enorme luce chirurgica inghiottì quel poco che restava della mia coscienza.

Un ultimo pensiero mi attraversò la mente: *Lida*.

Ero ancora vivo, in un certo senso.

Il mio corpo non si muoveva, ma avevo ancora delle sensazioni. La testa non mi faceva più tanto male, ma mi sembrava di essere immerso in un mare di rumori, incapace di distinguere le informazioni utili. Non controllavo la lingua, né le corde vocali, anche se potevo sbattere le palpebre. Vidi una donna china sulla testiera del letto che mi teneva la mano destra, intorpidita. Un liquido riempiva i suoi occhi. Sembrava stesse parlando.

Passai cinque minuti a cercare di ricordare chi fosse questa donna che era stata parte della mia vita da quando avevo cinque anni: Lida, il mio amore.

Apparvero un dottore e un infermiere. Mi fecero un'iniezione. I rumori sparirono.

"Xiaochu! Come stai?!" Lida stava quasi per piangere.

Mi si strinse la gola.

"Signor Wang, mi dispiace molto. Le chiedo di prepararsi psicologicamente. Ciò che sto per dirle non è una bella notizia."

Il dottore estrasse un tablet. Sullo schermo c'era l'immagine di un cervello diviso in regioni di colori diversi. Al centro c'era una macchia rossa che si espandeva lentamente nelle aree circostanti: il mio cervello difettoso.

"Il suo ictus ha avuto un'origine bilaterale nei rami pontini della sua arteria basilare. L'emorragia cerebrale ha compresso i centri motori del tronco encefalico, che ha danneggiato il nucleo abducente. In pratica, le sue facoltà mentali sono ancora intatte, ma è completamente paralizzato e non può parlare. Può muovere gli occhi in su e in giù, ma non a destra e a sinistra."

Ci provai. Aveva ragione.

È come in quel libro del cazzo, Lo scafandro e la farfalla?

"Sta pensando alla sindrome del chiavistello. Sì, la sua condizione è simile, ma non è proprio la stessa."

Come sa cosa sto pensando?

Il dottore indicò da un lato.

Cazzo, lo sa fin troppo bene che non posso muovere la testa.

"Mi scusi, dimenticavo. Con la tecnologia attuale, non deve più sbattere le palpebre per parlare lettera per lettera. Possiamo collegarci agli impulsi nervosi del suo centro del linguaggio e sintetizzare le informazioni. Ovviamente possiamo anche collegarlo a una voce artificiale, se non la mette a disagio."

Credo mi serva del tempo per abituarmi. Cosa intendeva quando diceva che la mia condizione non è proprio la sindrome del chiavistello?

"Il che ci porta alle notizie davvero brutte. A causa di una rara malattia, lei sta lentamente perdendo le funzioni corticali periferiche. I suoi sensi cesseranno di funzionare uno alla volta: prima l'olfatto, e per ultimo il tatto. La sua coscienza si affievolirà finché non andrà in coma."

Un vegetale?

"Purtroppo sì." Il dottore fece un respiro profondo. Lida nascose il viso, chiaramente già informata di ciò che veniva dopo

Quanto tempo ho? Si può fare qualcosa?

"Prevediamo che avrà ancora una o due settimane. Riguardo al fare qualcosa – sì, ci sono alcune possibilità. Ma richiedono un intervento molto rischioso di chirurgia a cervello aperto e a giudicare dai suoi dati assicurativi..."

Cosa? Poi capii. *Ed è molto costosa, giusto?*

Sapevo bene che non avevamo i soldi, non quanti ne sarebbero serviti. Io no, i miei nemmeno, soprattutto non Lida. Ma se diventassi un vegetale i costi per tenermi in vita diventerebbero un pozzo senza fondo. Rovinerei le loro vite, forse persino quelle successive. Non è così che dovrebbe andare, almeno non così presto.

Dottore, non posso morire e basta?

"No!" Lida afferrò arrabbiata la mia veste da ospedale. "Non ti lascerò morire, Wang Xiaochu! No!"

"Mi dispiace. L'eutanasia è illegale."

La prego. Abbia pietà.

Il dottore scosse la testa e uscì.

Fatemi morire. Fatemi morire. Fatemi morire fatemi morire fatemimorirefatemimorire...

Lida corse fuori dalla stanza coprendosi la bocca. Capii infine la premura che stava dietro la decisione di non attivare il sintetizzatore vocale.

Quando vennero gli uomini dell'esercito stavo mangiando.

Dato che non controllavo più la deglutizione, potevo essere nutrito solo con un tubo nella gola. Tanto le mie papille gustative non funzionavano più. Non era facile sopportare quella poltiglia immaginandomi dei gusti. Assaporavo il tubo di plastica nella bocca mentre mi consegnava il menù del giorno: pollo kung pao e agnello arrostito con cipolline.

Entrarono tre uomini, quello al centro era chiaramente il capo. Una sigaretta gli pendeva dalle labbra.

"La prego di non fumare qui." Disse Lida bruscamente.

"Va tutto bene. Sono sicuro che questi ufficiali non sono venuti qui solo per una pausa sigaretta." Dopo aver convenuto che la mia condizione mentale era abbastanza stabile, i dottori mi avevano attivato il sintetizzatore vocale.

Il profilo vocale in uso era di un presentatore di mezza età e ogni volta che parlavo mi sembrava fosse iniziato il telegiornale.

Si poteva personalizzare il profilo vocale, ma era costoso.

Gli ufficiali mi mostrarono i loro documenti di identità e chiesero a Lida di scusarci perché "il nostro discorso verterà su segreti militari di alto livello."

Lida mi guardò preoccupata. Io mossi gli occhi verso l'alto per indicarle: "Non preoccuparti, vai pure."

I due uomini di rango più basso l'accompagnarono fuori dalla stanza.

Non fece lo sforzo di presentarsi – forse perché non lo trovava necessario, forse era tipico dei militari arrivare subito al punto.

"Acconsentendo al nostro accordo, continuerà a vivere – vale a dire, vivere con dignità, come un uomo."

"A quali condizioni?"

"Tre settimane fa il nostro sommergibile per ricerche scientifiche, il *Nezha*, ha lanciato una sonda senza equipaggio nella Fossa delle Filippine. La sonda è scesa a una profondità di 10,375 metri per raccogliere campioni dal fondale. Per caso c'è stata un'eruzione causata da un terremoto superficiale, così la sonda ha raccolto campioni dei residui emessi dall'eruzione. Nei campioni abbiamo scoperto una forma di vita simile a un verme, prima d'allora sconosciuta. Dato che non siamo stati in grado di metterlo in un ambiente protettivo pressurizzato in tempo, è rimasto in uno stato di autoconservazione simile alla letargia. Forse non sopravvivrà ancora molto a lungo, ma..."

Fece una pausa, come se stesse compilando un questionario a risposta multipla nella sua testa. Alla fine dovette aver deciso di dirmi la verità.

"Abbiamo scoperto segni di intelligenza: schemi di impulsi nervosi regolari, strutture topologiche che potrebbero identificarlo come un essere senziente."

Non sembrava il tipo da barzellette. Cercavo di capire i possibili collegamenti tra questa scoperta e me.

"La prima intelligenza non umana che abbiamo scoperto è quindi terrestre, non extraterrestre," dissi.

"Posso solo dirle che non sappiamo niente con certezza."

"Cosa volete da me?"

"Vogliamo che comunichi con lui come ambasciatore della razza umana."

Nella mia testa stavo sogghignando. Pensavo al giocatore di ping pong Zhuang Zedong che aveva avvicinato un giocatore americano durante l'epoca di Nixon, dando inizio alla "Diplomazia del Ping Pong." Ma tutto ciò che riusciva a vedere erano i miei occhi muoversi su e giù un paio di volte.

"Perché io? Come comunicheremmo, dato che sono un vegetale?"

Il suo addestramento militare gli permise di mantenere un controllo eccellente del tono e si era preparato. "Il Piano di Apertura all'Illuminazione," disse.

Avevo già sentito questa frase ma non sapevo di preciso cosa significasse. L'avevo trovata per la prima volta in un testo degli esami di ammissione al college: gli scienziati speravano di codificare l'attività neurale e convertirla in segnali elettrici di input/output, creando così un'interfaccia tra computer e cervello. Non avevo risposto bene a quella domanda.

Una vera interfaccia cervello-computer non era mai stata realizzata.

Ma stando a quell'ufficiale, avevamo sviluppato una tecnologia ancora migliore: una specie di "fusione mentale" che trascendeva il linguaggio al livello di coscienza di base e individuale. Tra linguaggi diversi è sempre esistita una specie di incommensurabilità. Per esempio, era impossibile sapere se la parola inglese "sweet", dolce, e la parola cinese *tian* indicassero proprio lo stesso stimolo gustativo. Ma ricevuta la stessa sostanza, lo zucchero appunto, era possibile concludere che gli schemi relativi agli impulsi nervosi generati in risposta erano gli stessi.

L'"Apertura all'Illuminazione" poteva essere divisa in due fasi: "entrata" e "uscita".

Qualora la coscienza di A si fosse fusa del tutto con quella di B, il mondo percepito e compreso da A sarebbe stato lo stesso mondo percepito e compreso da B, trascendendo ogni differenza di linguaggio e cultura, fornendo una "fusione" ontologica.

Quella tecnologia era stata inizialmente sviluppata per raccogliere informazioni dai prigionieri di guerra durante la Guerra Fredda.

"Non chiedermi di preciso come funziona. Non sono uno di quegli scienziati pazzi," disse.

"Ma perché io?"

"Pensi di essere la nostra prima scelta? Ah! Abbiamo già fulminato tre lampadine." L'ufficiale fece l'occhiolino.

Non sapevano se sarebbe stato possibile fondere un cervello umano con il cervello di un verme marino. Stavano solo ipotizzando che la nostra comune esistenza sul pianeta dovesse rappresentare un certo livello di omologia. Ovviamente non avevano pensato a tutto. Il cervello umano divide i compiti di elaborazione dei dati tra emisfero destro e sinistro, ma il verme marino non sembrava avere tali strutture. Durante la fusione, le elaborazioni del cervello indiviso del verme marino, così diverso da quello di un essere umano, avevano bruciato il ponte di Varolio e il corpo calloso di tre soggetti.

Ma il mio ponte era già fuori uso. Non puoi fulminare una lampadina rotta.

"Non ha niente da perdere. Dopo, ti pagheremo l'operazione chirurgica, dato che non possiamo trarre informazioni utili da un vegetale. E se, e sottolineo *se*, l'operazione dovesse fallire, ti prometto che ci prenderemo cura della tua famiglia."

Certo, capivo cosa voleva dire.

"Cosa devo fare?"

"La tua famiglia deve firmare questi." Tirò fuori una pila di fogli.

Non vedevo altre possibilità.

Fui trasferito in un reparto di terapia speciale, quel genere di posto dove una guardia stazionava fuori dalla porta. Giravano voci di un mio spostamento aereo in una base militare segreta e blindata, ma considerando la fragilità del mio cervello, le alte sfere alla fine acconsentirono a trasferire l'esperimento nell'ospedale dove mi trovavo. Naturalmente, tutto il personale ospedaliero era stato messo in massima allerta.

La mia vista si stava affievolendo rapidamente. La bellissima Lida divenne una massa sfocata di cubetti sgranati. Massaggiava il mio corpo senza stancarsi mai, come se tramite questi sforzi, benché privi di un effetto concreto, potesse rallentare il decadimento della mia coscienza.

L'ufficiale, che si chiamava Wu, le provò tutte pur di convincere Lida a firmare l'accordo.

Le spiegò perché non potevano operarmi subito. Se avessero rimosso i coaguli di sangue dal mio cervello, c'era la probabità di un collasso delle mie connessioni neurali durante il processo di "fusione", proprio come nelle tre vittime che mi avevano preceduto, e sarei diventato un vegetale prima del previsto. Così, la craniotomia sarebbe stata possibile soltanto dopo il completamento della mia missione, prima che la pressione craniale raggiungesse il picco assoluto.

"Perché deve completare questa missione?" Chiese Lida, quasi con ingenuità.

"Signora, non facciamo beneficenza, e suo marito non è..." Ebbe la grazia di mandare giù la seconda parte della frase.

Fissai Lida, nella speranza di incidere ogni pixel nelle pieghe del mio cervello indebolito. La fissai con tale forza che le mie palpebre cominciarono a tremare, e le lacrime uscirono a fiotti.

Lei firmò.

L'ufficiale Wu non l'aveva informata che molto probabilmente avrei perso l'uso di alcune funzioni neurali durante la missione, con il risultato di un deterioramento cognitivo e una rapida perdita di memoria. In altre parole, Alzheimer anticipato. Se fosse successo, lei avrebbe ottenuto una somma di denaro in aggiunta all'assicurazione come risarcimento. Pensai bene di non farle sapere nulla di questi termini ulteriori dell'accordo.

Mi sembrava di essere una persona egoista.

Stavano spostando il mio corpo, e una luce mi passò sulle palpebre. Qualcuno strinse la mia mano, le unghie si conficcarono nella carne come se cercasse di piantarle dentro di me. Sapevo che era Lida. Alcuni uomini la allontanarono con forza e le sue unghie mi graffiarono lasciando una lunga scia di dolore. Potevo ancora sentirlo.

Il dolore era forse l'ultimo legame che univa lei e me in questo mondo.

La porta si chiuse.

Iniezione. Intubazione. Elettrodi. Casco. Conto alla rovescia.

Iniziai a galleggiare. Come un'antenna che era stata finalmente puntata nella direzione giusta, i miei sensi divennero acuti come non lo erano mai stati. Guardai il mio corpo nudo e la scatola di metallo sigillata vicino a me.

Non è reale.

L'esperienza extracorporea non era che un'illusione prodotta dal cervello. Ero ancora nel mio corpo, aspettando che questo assurdo esperimento avesse inizio.

Per un istante pensai di lottare per liberarmi e andare a cercare Lida. Ma poi una forza assorbente mi afferrò e mi rimpicciolii rapidamente. Attraverso i tanti strati nelle pareti della scatola di metallo, *lo* vidi: così fragile, così piccolo, come un mucchio di cenere bianca che si era casualmente solidificata in una forma. Era impossibile sapere quale parte fosse la testa, e quale l'apparato escretore. Entrai dentro di lui.

Il mondo che conoscevo scomparve, per sempre.

Il linguaggio umano non può descrivere la mia condizione.

Non vedevo, ma non era buio; non sentivo, ma non c'era silenzio. A parte il tatto, tutti i miei sensi sembravano scomparsi. Un immenso flusso di terrore si infranse contro le mie capacità logiche. Iniziai a capire come erano impazziti gli altri tre. Era tutto un caos informe e le mie percezioni erano estranee ma potenti: ancor più ricche e precise di quando ero in possesso dei miei sensi. Ma non riuscivo a capire cosa significasse. Tutti i collegamenti tra sensazione e definizione erano stati spezzati e tutto ciò che era rimasto erano stimoli grezzi.

Dopo la prima ondata di isteria, il terrore diminuì gradualmente. Forse era questa la dote del mio cervello guasto.

Iniziai a comprendere: questo era il mondo percepito da *lui*.

Cominciò a muoversi. Un senso di fisicità dominò la mia coscienza, e una corrente calda indicò la direzione verso cui stavo procedendo. La parte inferiore del corpo mi trasmise una sensazione di attrito contro minuscole particelle, e riuscivo persino a distinguere linee sottili e piccoli tremori nel suolo sotto di me. Anche se era soltanto il senso del tatto, le molte e distinte sfumature percettive di cui era composto mi sembravano tanto ricche quanto i cinque sensi che avevo posseduto da umano. Sentivo le nostre due coscienze collidere una contro l'altra, agganciarsi e unirsi. Il procedimento continuò più veloce di quanto mi aspettassi.

E adesso ero in grado di usare le mie ciglia tremolanti per dare una forma all'ambiente intorno. Ma non riuscivo a trovare una corrispondenza tra le sue parti del corpo e le mie: non avevo arti, niente petto o schiena, niente testa, niente spina dorsale, solo una sensazione un po' confusa di un corpo nel suo insieme.

Quel che restava della mia coscienza umana mi diceva che mi trovavo tra le formazioni rocciose del fondale marino, sotto più di dieci chilometri di acqua. Non c'era luce o aria, e forse il cibo era costituito solo da organismi anaerobici termofili. La fusione mentale mi consentiva di sopportare l'immensa pressione. Ma la semplice esistenza, in sé, non rivelava nessuna cultura o intelligenza, *era* e basta.

Si mosse in avanti. Notai che stava seguendo un solco uniforme, ampio e poco profondo. Ogni tanto altri solchi si diramavano da quello che stava percorrendo. A questi incroci il terreno aveva piccole protuberanze di dimensioni diverse, e lui ne sceglieva una e proseguiva.

Ipotizzai che si trattasse di un sistema stradale. Stava consapevolmente scegliendo una destinazione.

Ma non avevo idea di dove andasse, se si accorgesse della mia esistenza, e di come fossimo finiti fin qui dalla sala operatoria.

Raggiunse un'area più aperta. Una parte del suo corpo si estese e aderì contro un oggetto simile a un bastoncino. Sentivo le vibrazioni passare dal bastoncino al nostro corpo, restituendoci una sensazione piacevole. Supposi che stesse mangiando.

Le nostre ciglia percepirono un altro corpo non lontano che si avvicinava. Le due entità premettero l'una contro l'altra in un certo punto, come due mani che si stringevano. Le superfici a contatto erano ricoperte di pieghe intricate. Alla fine giunse un senso di familiarità. Supposi che si conoscessero. Forse le disposizioni delle pieghe fungevano da nomi.

Sembrava che parlassero. Giochi di protuberanze e solchi emergevano sulle superfici a contatto e svanivano rapidamente, come una marea che dissolveva castelli di sabbia cresciuti spontaneamente sulla spiaggia. Dopo uno scambio intenso, si calmarono entrambe.

Poi sentii un turbamento, il corpo in cui ero trasmise ondate di ansia profonda.

Gli scienziati avevano ragione, ma anche torto.

I miei sensi erano fusi con i suoi e condividevano gli stimoli più basilari, le reazioni al livello della corteccia cerebrale e, se la topologia delle attività neurali corrispondeva, anche increspature di determinate emozioni. Ma non afferravo nessun concetto astratto. Non ero in grado di fare esperienza di nessun pensiero che trascendesse i sensi. Non avevo accesso alla filosofia, alla religione, alla moralità, mi rendevo solo conto dell'apparenza superficiale del mondo.

Ero come un fantasma attaccato a un corpo che fluttuava in questo mondo incomprensibile. Ancora peggio, la mia coscienza umana stava gradualmente svanendo. Non avevo molto tempo.

La memoria era il mio ultimo appiglio.

Prima di dimenticare Lida.

Io e Lida non eravamo una coppia fortunata.

La conobbi la prima volta quando avevo cinque anni, di sfuggita Ci incrociammo nel corridoio di un ospedale pediatrico, mentre le nostre madri ci trascinavano da direzioni opposte. Ricordo l'odore delicato del latte subito soppiantato da quello forte del disinfettante. Ricordo le pareti color guscio d'uovo illuminate dal sole del primo mattino. Ricordo i suoi capelli castani e la carnagione pallida. Ricordo la mia fiducia nel fatto che ci saremmo incontrati di nuovo, un giorno.

Quel giorno il dottore aveva detto a mia madre che a causa di una rara malformazione genetica, avevo l'83,17% di possibilità di sviluppare l'Alzheimer in futuro.

Allora non sapevo nulla di questa malattia che si manifesta in media intorno ai 65 anni. Sapevo solo che dopo la caduta dei capelli e la perdita dei denti, mi sarebbe successo qualcosa di molto brutto. Era come vedere un cartello a bordo strada che segnalava un pozzo profondo tra cento metri, e sapere di non poter prendere altre direzioni. Gli ostacoli che avrei incontrato lungo la via non sarebbero stati attenuati da quella consapevolezza.

Il destino è onesto, diceva sempre mia madre. Le credevo.

Mi diede un'infanzia felice che sembrò non finire mai. Si dice che un giorno è come un anno per i bambini, perché la quantità di tempo totale conservata nella loro memoria è così piccola che l'esperienza di un giorno occupa una porzione molto grande del tutto. Ma quando crescono, gli stimoli di un giorno costituiscono una frazione sempre più piccola dei loro ricordi, e così il tempo inizia a volare come una freccia scoccata, e così inizia il rammarico per gli anni perduti.

Nella mia mente c'è sempre stata una tacca per quando avrò 65 anni. Quasi patologicamente, mi crogiolavo all'idea dei 60 anni o 21,915 giorni che mancavano. Ero come un maratoneta che sapeva che sarebbe caduto proprio prima del traguardo ma che era comunque costretto ad andare avanti.

A volte desideravo che il pozzo si trovasse più vicino alla linea di partenza.

Non capirete mai quella sensazione. Non ci riesce nessuno.

Ci incontrammo di nuovo, in un altro ospedale, quando dovemmo sottoporci a una visita medica prima dell'iscrizione al liceo. C'erano davvero cose in questo mondo che trascendevano la razionalità e il tempo. Erano passati dieci anni, ma noi due ci riconoscemmo alla prima occhiata, come fosse destino. Osservai i suoi capelli castani immutati e la sua carnagione pallida e potei solo ridere. Era così bella che il mio cuore sussultò.

Fu un periodo folle, indimenticabile. Come tutti i giovani, ci amavamo e torturavamo a vicenda. Ogni volta che raggiungevamo l'orgasmo Lida mi chiedeva, *credi che un giorno ci sposeremo?* Io rimanevo sempre in silenzio o cambiavo argomento. Non potevo farle sapere quanto volessi stare con lei. Non potevo legarla a una bomba a orologeria.

La tortura durò quattro anni, annullando quasi del tutto qualsiasi gioia mi avessero portato gli studi in filosofia.

Il giorno della cerimonia del diploma, con indosso la sua toga accademica, venne verso di me con un'espressione stranamente seria.

"Te lo chiederò un'altra volta: credi che un giorno ci sposeremo?"

Sapevo che era di fronte a una scelta: fare domanda per studiare all'estero o restare qui. Sembrava che la sua decisione dipendesse dalla mia risposta.

Il destino è davvero onesto? Gridai nel mio cuore, anche se mi sforzai di mantenere una calma esteriore.

Feci un respiro profondo, chiusi gli occhi e scossi la testa. Ero pronto a tutto: poteva colpirmi, maledirmi, persino andarsene senza dire una parola e da quel momento sparire dalla mia vita; benché me ne sarei pentito per il resto del tempo che mi restava da vivere.

Ero assolutamente sicuro che fosse per il suo bene.

Aprii gli occhi. C'era un referto medico davanti alla mia faccia, quasi mi toccava il naso.

"È per questo?" chiese con voce tremante.

Erano i risultati del test genetico che avevo fatto a cinque anni. Ma come poteva averlo Lida?

"Sono stata a casa tua e ho fatto una lunga chiaccherata con tua madre." Le lacrime le scendevano dagli occhi.

Digrignai i denti. "Riesci a immaginare svegliarti un giorno e scoprire che ti sto guardando senza riconoscerti? Riesci a immaginare che possa perdere tutti i ricordi che ho di te? Ti amo, ma non posso ferirti."

Un altro referto medico apparve davanti ai miei occhi.

"Wang Xiaochu, pensi che siamo pari adesso?" Disse quasi gridando.

Ero sconvolto. Leggendo in inglese gli acronimi a me ben noti e i numeri sul referto, compresi che lei era proprio come me. Aveva la stessa malformazione genetica rara.

Il destino era davvero onesto, ma non nei modi che uno potrebbe immaginare.

Allora, tutto ciò che potei fare fu abbracciarla e baciarla.

Da quel giorno in avanti, due bombe a orologeria furono legate l'una all'altra. Ci scherzavamo sopra, facendo scommesse su quale cervello avrebbe avuto problemi per primo. Ci promettemmo che chi dei due fosse rimasto sano avrebbe preso i soldi dell'assicurazione per aiutare l'altro a realizzare il sogno della propria vita. Scrivemmo i nostri sogni su fogli di carta, li sigillammo in una bottiglia e li seppellimmo in una fioriera.

Pensavamo di avere ancora tanto tempo. Non ci salutavamo mai, nemmeno per la buonanotte.

Ma la vita era piena di eventi sconnessi, ognuno con la sua probabilità. Ci dimenticammo che ogni giorno assieme sarebbe potuto essere l'ultimo.

La sensazione era familiare, come la mano di Lida che accarezza il mio corpo, ma mille volte più lenta. Si percepiva quel delicato torpore viaggiare centimetro dopo centimetro, dalla superficie alle profondità interne, seguendo in maniera costante un percorso prestabilito fino a raggiungere un capolinea, per poi invertirsi e ritornare al punto di partenza.

All'inizio pensavo che fosse solo la mia immaginazione. Tuttavia due cicli dopo finalmente capii.

Era il suo senso del tempo.

Era come nel *qigong* tradizionale, dove il praticante guida il *qi,* l'energia vitale, dal centro di energia *dantian* sotto all'ombelico fino al perineo, poi oltre all'ano, su per la spina dorsale finché non raggiunge la cima della testa dove il *qi* è diviso in due correnti che fluiscono lungo le orecchie per convergere sulla punta della lingua, e da lì lungo il petto per tornare al *dantian*. Questo si chiamava Ciclo Breve.

Un ciclo corrispondeva a una rotazione della Terra, un giorno e una notte.

Immaginavo fosse simile ai meccanismi che consentono ai piccioni di orientarsi, in quanto il verme era in grado di rilevare cambiamenti nei campi magnetici e gravitazionali terrestri. Dopotutto, eravamo in una fossa degli abissi marini a più di dieci chilometri di profondità. Qui il campo magnetico era più palese.

La sensazione era curiosa. Non mi ero mai figurato che il trascorrere del tempo potesse essere caratterizzato da sensazioni fisiche. Mi sforzavo di associare i punti sensibili del ciclo a un corpo umano immaginario. Anche se il confronto non poteva essere preciso, mi avrebbe aiutato a capire il tempo. Considerai la mia fronte come la mezzanotte. La quattro del mattino era la clavicola; le sei lo stomaco, le otto l'ombelico, mezzogiorno l'ano. E poi s'invertiva la direzione.

Costruii un orologio con il mio corpo, ma ciò produsse un effetto collaterale inaspettato.

Credevo che solo sapori e odori potessero risvegliare i ricordi, ma in assenza di tutti gli altri sensi, il tatto, rafforzato dagli effetti della sostituzione, si collegò alla memoria in modi misteriosi e potenti.

Alle due e mezza, mentre quella sensazione raggiungeva il mento, mi sembrava di ballonzolare sul portaoggetti duro e freddo della bici di mio padre. Era il tragitto che facevo tutti i giorni per tornare dall'asilo.

Alle sette del mattino e alle cinque del pomeriggio, cadevo ripetutamente sulla pista di atletica della scuola. Le mie ginocchia si sbucciavano sulla pavimentazione rossa, causando innumerevoli graffi sanguinanti.

Da cinque minuti prima delle undici a cinque minuti dopo, stantuffavo con vigore nel corpo di Lida. Era la nostra prima notte assieme.

Non c'era alcuna logica nei collegamenti tra le sensazioni tattili e i ricordi. Sembravano punti di ancoraggio del tutto casuali in un mare di reminiscenze. Ma ogni volta che raggiungevo uno dei punti di memoria, venivo scosso da ondate di ansia provenienti dalle profondità del corpo del verme.

Mi resi conto che se io potevo sentire quello che sentiva lui, valeva anche il contrario.

Eravamo come i due lati di una moneta: condividevamo lo stesso corpo ma non potevamo incontrarci faccia a faccia.

Riuscivo a sentire la sua confusione mentre si sforzava di trovare delle risposte. Ma non potevo sapere se fosse solo un riflesso del mio stato emotivo. Eravamo come due specchi disposti in modo da riflettersi uno nell'altro, all'infinito. Iniziai a capire le vere implicazioni della "fusione" ma solo per sprofondare ancora di più nella solitudine.

Sembrò trovare una via d'uscita.

Una sensazione iniziò a espandersi rapidamente, oscurando tutti gli altri sensi. Si trattava di una particolare sottocategoria del tatto. Dovetti eliminare a uno a uno le tipologie di tatto che conoscevo – non era forma, temperatura, velocità o consistenza, piuttosto era come se tutto il corpo fosse racchiuso in un grande tuorlo d'uovo. Si sentivano tremori ritmati che venivano da ogni direzione, una pressione uniforme che stritolava lenta ma implacabile, come se una mano gigante stesse stringendo quest'uovo finché non si fosse inevitabilmente spaccato.

Il mondo era quest'uovo.

Ero sbalordito da questo forte senso di pressione e compresi l'ansia crescente del verme. Che ruolo aveva nella società questo individuo? Chi si preoccupava della fine del mondo doveva appartenere solo a poche categorie: scienziato, filosofo, folle.

Speravo che non appartenesse all'ultima.

Mi indicò una piega sul suo corpo definita da sensazioni tattili e in apparenza formata da muscoli e pelle. A quanto pareva questa specie era in grado di controllare i sensi in modo molto preciso. Era una sensazione bellissima. La mappa tridimensionale formata all'interno del corpo definiva chiaramente le relazioni spaziali. Usava un unico punto di stimolazione per segnare il luogo dove eravamo. Se non avevo interpretato male, ci trovavamo in una delle caverne sotto il fondale marino, e la nostra destinazione era un punto relativamente più in alto, vicino al terreno roccioso del fondale indicato dalla superficie del corpo del verme. Era più come salire in una torre che scalare una montagna.

Tremò e descrisse quel punto sopraelevato con un senso di ammirazione.

All'improvviso capii. Era un abate, un prete, o un imam, un uomo di fede. Il punto sopraelevato era dove i membri di questa società si riunivano e pregavano gli dèi. Gli serviva la guida degli dèi per comprendere il senso profetico di catastrofe imminente che gravava sul suo mondo. E c'ero anche io, un fantasma silenzioso attaccato al suo corpo.

Il viaggio sarebbe stato lungo. Non sapevo se la mia coscienza avrebbe retto fino alla fine.

Come se si rendesse conto della mia preoccupazione, chiarì l'itinerario programmato e lo dispiegò sul percorso temporale lungo la superficie del corpo: circa tre lunghezze corporee, o un giorno e mezzo. Ero sconvolto da questo linguaggio intelligente, capace di esprimere tempo e spazio all'unisono.

Era un'abilità che gli umani, abituati a comunicare con suoni e segni, non padroneggiavano.

Forse avevo ancora una possibilità.

Mi resi conto di non riuscire più a ricordare il volto di Lida. Frammenti e pezzi di varie impressioni che percepivo vagavano nella mia coscienza ma non riuscivano a trovare l'organo sensoriale giusto per essere riprodotte. Ricordavo ancora il calore del suo corpo, il tocco della sua pelle, l'impressione confusa di abbracciarla e baciarla, il solletico delle punte dei suoi capelli sulla mia faccia, il suo alito umido, e infine la lunga scia di dolore sul mio braccio.

Sapevo che tutti quei ricordi sarebbero inevitabilmente scomparsi uno a uno. Anche quella persona, e quel nome alla fine sarebbero svaniti come se non fossero mai esistiti, come increspature sulla superficie dell'acqua.

La storia più lunga, la nazione più potente, il pensiero più profondo – tutto alla fine si dissolverà nel flusso del tempo, figurarsi il breve incontro di due vite.

Ma non avevo avuto la possibilità di dire addio.

Il verme aveva ragione. La sola cosa che potevo fare era pregare.

Sapevo che era un sogno. Avevo fatto quel sogno un'infinità di volte, senza averlo mai rivelato a Lida.

Cominciò una mattina. Come sempre, mi ero alzato, pettinato, lavato e avevo scelto i vestiti dall'armadio. Nello specchio, vidi Lida girarsi lentamente verso di me, un'ombra di smarrimento sul volto. Poi iniziò a gridare.

Gettai i vestiti e corsi verso di lei per tenerle il viso e chiederle cosa fosse successo. Ma l'unica risposta che ebbi fu un continuo mormorio di due parole:

Chi sei?

Chi sei. Chi sei! Chi sei...

Il mio cuore si fermò. Visualizzai il nome inglese di quella malattia. La bomba a orologeria era esplosa prima del tempo, e non eravamo pronti. Presi il telefono in preda alla disperazione. Mi tormentavo i capelli, sull'orlo dell'esaurimento, senza sapere a chi chiedere aiuto. Era come se fossi l'ultimo essere umano rimasto vivo su questo mondo.

Proprio allora un sorrisetto furbo balenò nello sguardo di Lida allo specchio, e mi abbracciò forte da dietro.

Sapevo che non mi avresti mai abbandonato.

La rabbia svanì. Da allora in poi, quella scena si replicò in continuazione nei miei sogni, indipendentemente da quanta intimità io e Lida ci fossimo scambiati prima di addormentarci. Nei sogni, tutta la mia razionalità crollava miseramente ogni volta che lei diceva *chi sei.* Allora, disperazione, dolore e solitudine crescevano a dismisura e mi sommergevano man mano, finché la difficoltà di respirare non mi risvegliava di colpo.

Ma non le avevo mai detto il contenuto del sogno.

Non potevo sapere che sarebbe rimasto l'unico ricordo coerente in un mondo unicamente tattile.

Stavo imparando a comunicare con lui, ma non facevo molti progressi. Avermi a bordo poteva essere normale, come una persona che parla da sola, oppure terrificante come essere posseduti da un demone, poiché sentiva il suo corpo generare diverse protuberanze incontrollabili e misteriose ondate di emozioni dal significato sconosciuto che lo inondavano. Un essere umano si sarebbe rivolto a uno psichiatra o a un esorcista, ma lui manteneva la calma, o almeno così mi sembrava.

Dal suo silenzio a volte potevo percepire continue vibrazioni provenienti dalle profondità del suo corpo, che variavano per frequenza e modalità, accompagnate da ritmi e armonie complessi che davano luogo a un senso di sereno piacere diffuso su tutto il corpo. Intuii che era la loro musica.

Cercai di godermi quella sensazione di risonanza. Era come sedere in una jacuzzi e lasciare che la corrente dell'idromassaggio mi avvolgesse gradualmente.

La pressione del mondo aumentava. Ora la mia testa era quell'uovo. La sensazione informe di schiacchiamento mi faceva male, mi dava la nausea e mi impediva di pensare. Mi chiesi se sarei esploso prima della fine del mondo.

Come avrebbe detto il severo ufficiale Wu, era molto probabile che succedesse.

C'era ancora più di mezza giornata di viaggio.

Potrei fare un'analogia imprecisa: muoversi era come cercare un percorso in una stanza buia.

Ignoravi cosa avresti urtato. Forse saresti inciampato in una sedia, avresti fatto cadere una lampada o sbattuto contro un muro. Mentre proseguivamo, il mondo mi si manifestava in modo bizzarro. Nelle mie percezioni lo spazio si trasformava in maniera imprevista, mutando nella forma e nelle relative disposizioni. Come un gatto usava le vibrisse per misurare le distanze, così lui usava i tremori delle ciglia per delineare le grandezze degli oggetti.

Eravamo in una città sotterranea più grande e complicata di quanto potessi immaginare. Era in apparenza divisa in varie regioni sulla base della geologia, vale a dire la conformazione delle superfici rocciose. Alcune regioni evocavano l'emozione del "disprezzo", altre del "rispetto", altre ancora della "paura". Immaginavo che rappresentassero distinzioni di classe. Alcune regioni avevano funzioni che non capivo: a quanto pareva avevano a che fare con attività che richiedevano gravità e magnetismo per indurre piacere nella "tattilità" del gruppo, corpi connessi tra loro che raggiungevano in simultanea una specie di comunione spirituale.

Vermi artisti.

Devo aver riso nella mia coscienza perché lui risistemò il corpo infastidito.

La prima volta che sperimentai il loro rituale di accoppiamento, la mia presenza causò alcuni ostacoli. Sembravano essere una specie ermafrodita e la sensazione di ognuno che penetrava a vicenda il corpo dell'altro mi rendeva inquieto. In più, fondevano le loro coscienze individuali finché i confini non diventavano indistinti, al punto che mi sentivo un guardone nascosto nel buio. L'altro verme percepiva la mia presenza ed esitava, voleva sottrarsi al rapporto, però il mio ospite creò un campo emotivo pacifico ma potente, in grado di calmare ed alleviare i sospetti dell'altro.

È solo la mia seconda personalità.

Almeno è così che l'avrei messa io, ma lui sembrò descrivermi con un tocco più sacro e reverenziale.

Fu l'esperienza più assurda, folle e frastornante della mia vita. Era come se formassimo una coppia di gemelli siamesi che condividevano lo stesso cervello. Potevo sentire la temperatura, la conformazione e le vibrazioni dell'altro, e distinguevo anche gli stimoli del mio corpo. Lo toccavo mentre mi toccava; lo comprendevo mentre mi comprendeva. Si ritrasmetteva come un microfono davanti a una cassa, finché non spingeva i nostri impulsi nervosi al limite.

In quella trinità inebriante, toccai una presenza ancora più lontana, antica e grandiosa. Era come se avessi penetrato le cupe formazioni rocciose e le decine di migliaia di metri di acqua marina, come se fossi passato attraverso l'atmosfera e gli infiniti cieli stellati, fino a viaggiare attraverso un corpo intrecciato al tempo e allo spazio, come se tutti i miei sensi fossero stati ripristinati, ma durò solo un istante, come una scintilla da una pietra focaia.

La presenza disse: *Tutto ha una fine. Ogni fine necessita di una cerimonia.*

Ricaddi nel mondo del solo tatto. Sapevo che la cerimonia era finita.

Il senso di vacuità e solitudine che ne seguì andava oltre i limiti dell'immaginazione umana.

Eravamo stati un corpo unico, ma ora eravamo separati. Ero un guscio sospeso nel vuoto, privato di ogni contatto con il mondo esterno, un buco nero sensoriale, senza fondamento, senza accessi, un semplice puntino, tutto solo nell'universo.

Come nel mio sogno, dopo che Lida diceva quelle due parole.

Il corso di "Introduzione all'Epistemologia" aveva sbagliato tutto. La percezione non era un mero intermediario. Non ci servivano conoscenze in più o processi psicologici per comprendere gli stimoli trasmessi dai sensi: era un ragionamento circolare. La percezione stessa *era* significato. I sensi, come l'energia, agivano direttamente sulla coscienza stessa, aiutandoci a capire la relazione tra il sé e il mondo.

Era l'unico modo in cui potessi spiegare cosa mi stava succedendo.

Lui sembrava essere già abituato al grande senso di solitudine dopo un rapporto. Le sue emozioni ebbero una rapida ripresa e proseguì. Immaginai che non si sarebbero più rincontrati. La loro società si fondava sul movimento. Nessun individuo si fermava mai, né voleva lasciare una traccia dietro di sé. Volevano essere toccati all'interno dei loro cuori, sempre andando in avanti, senza mai preoccuparsi di quei legami che li avrebbero intrappolati.

Ogni incontro era un eterno addio ed era quello il motivo della loro devozione reciproca.

Il rituale di accoppiamento avvenne altre volte durante il percorso. Ogni incontro faceva diventare pallide e deboli le esperienze umane rimaste nella mia memoria, indipendentemente dal fatto che fossero di gioia, armonia o solitudine. Allo stesso tempo, la mia convinzione si rinforzava: al di là di tutto, dovevo a Lida un addio, una cerimonia per celebrare la fine oppure l'inizio di una vita rinnovata.

Mi serviva l'aiuto del verme, non per andare avanti, ma per dirle addio.

Ci trovavamo in un tunnel sensoriale. Non vedevo, né sentivo niente. Il mio corpo galleggiava sul mare della coscienza, attraversando lentamente la fine del tempo. I ricordi di una vita si condensavano in attimi. Solo uno spruzzo di salsedine separava la culla dalla tomba.

Le increspature di energia erano caotiche ma anche semplici alle estremità. Ognuna di loro comunicava un solo messaggio: stavo morendo.

Proprio come lui stava morendo.

Continuavano a verificarsi delle discontinuità lungo il percorso, come un film tagliato a pezzi e rimontato a caso. A volte ci ritrovavamo di colpo indietro, a un'intersezione superata molto tempo prima, altre volte arretravamo, e le conformazioni e lo spazio che erano diventati familiari sembravano di nuovo strani; a volte eravamo spinti in avanti come la pedina di un gioco presa e spostata oltre strade, discese o trincee, e le sensazioni tattili allora diventavano fitte, condensate, una raffica inarrestabile.

Erano i segni che il mondo stava per crollare?

All'improvviso, il poco che rimaneva della mia coscienza capì: c'era una sola spiegazione possibile per tutto questo.

Quel viaggio non era altro che la riproduzione della sua memoria, come un uomo che sta annegando e vede la sua vita scorrergli davanti agli occhi. Il vero *lui* era ancora imprigionato in quella scatola di metallo grigia, era minuscolo, fragile e pacifico, come una brace prossima a spegnersi.

Io ero un autostoppista abusivo, salito a bordo con la forza, e che gli aveva portato soltanto confusione, anche se la confusione influenzava unicamente i suoi ricordi.

Davvero influenzava *unicamente* i suoi ricordi?

Non riuscivo più a distinguere tra la profonda ansia causata dal presentimento della distruzione del mondo e la paura opprimente della mia pressione intercraniale che rasentava il limite. Non ritenevo possibile che lui potesse distinguerle o forse ciò che sentivamo era davvero l'insieme delle due sensazioni sovrapposte? Senza la mia presenza, si sarebbe affrettato lo stesso in maniera inesorabile per raggiungere quel punto in alto vicino agli dèi per pregare, pentirsi o scoprire la verità della fine di questo mondo?

In ciò che sapeva di questa cronologia di eventi, un terremoto superficiale stava per distruggere il suo mondo, e lui sarebbe stato allontanato dal punto sopraelevato del fondale marino, dove sarebbe stato catturato dalla sonda robotica degli umani, senza poter fuggire.

E all'interno di questa cronologia di ricordi avrebbe portato la mia debole coscienza come un passeggero, e entrambi ci saremmo diretti verso la distruzione.

La mia premonizione, o forse lo stato d'animo che mi trasmetteva, mi diceva che sarebbe morto assieme alla patria che ricordava, senza fare mai ritorno. Era la sua ultima cerimonia d'addio, un viaggio attraverso la memoria.

Io ero allo stesso tempo testimone e sacrificio. Espresse il suo profondo rammarico.

Non ho altra scelta, gli fornii una riga di dialogo che era anche il mio soliloquio.

Capisco.

Il destino ci aveva abbandonati in una condizione incomprensibile, e l'unica risposta che potevamo fornire era una recita, una cerimonia nella quale avremmo accettato la sconfitta con dignità, ci saremmo inchinati e avremmo lasciato il palcoscenico.

Sentivo di aver trascurato qualcosa di fondamentale, ma per quanto ci provassi, non riuscivo a ricordare cosa fosse. La coscienza, come la vitalità, si attenuò e si frammentò negli shock causati dalla contrazione del mondo, come una brezza che passa sull'acqua senza lasciare increspature.

Alla fine raggiungemmo l'altura.

Il corpo era immobile ma il mondo mulinava come se fosse impazzito. Il senso dell'orientamento era sparito, e la coscienza si era offuscata, incapace di concentrarsi. Immaginavo che fosse perché il campo magnetico sull'altura si stava disfacendo e indebolendo.

All'inizio la rotazione era orizzontale, ma poi divenne verticale e alla fine senza direzione, un vorticare caotico come quello dei dervisci rotanti Sufi: la mano destra del danzatore era rivolta al cielo, aperta a Dio, la sinistra era girata verso il basso, a includere l'umanità, e il momento in cui il vorticare senza fine offuscava la coscienza del danzatore era quello in cui lui era più vicino a Dio.

Non c'era nessun *io*, nessun *lui*, nessun confine tra corpo e mondo. Incendi incontrollabili ardevano, stormi di uccelli dispiegavano le ali e si alzavano in volo, immense balene saltavano fuori dall'acqua e ricadevano, sollevando schiuma e vortici; fiocchi di neve si posavano sulla pelle e si scioglievano poco alla volta. Non avevo occhi, né orecchie, né naso, né bocca, però sembrava del tutto reale. Ero dentro il guscio, sotto il mare, nel bel mezzo del battesimo di fuoco e piombo, sul punto di essere distrutto.

Mi gonfiai, fuoriuscendo dal guscio, oltre il mare, al di là del cielo, e anche attraverso gli spazi in mezzo al tutto. Ero il tutto.

In questa grandiosa tempesta, un filamento minuscolo si staccò molto delicatamente dalla mia coscienza. Il verme sembrò attendere un istante, triste, alzando piccole protuberanze che si attaccarono a me e poi mi lasciarono andare, come una stretta di mano tra esseri umani, prima di staccarsi.

Sapevo che era un addio definitivo.

Il guscio si ruppe, il vortice rallentò, il gonfiore si arrestò; poi ci fu una contrazione improvvisa, veloce, infinita, come una stella che collassa, come un vagone della metro che attraversa un tunnel, come sperma che nuota nel grembo, come una vasca da bagno a cui si toglie il tappo, come se tutto dovesse essere rimesso dentro un recipiente minuscolo, fragile e pacifico. Il procedimento fu così lungo che anche il tempo perse la sua elasticità.

E poi vidi la luce.

Ricordo ancora quel mattino. Aprii gli occhi e Lida mi stava sorridendo. Mi aiutò ad alzarmi, vestirmi, lavarmi e pettinarmi.

Potevo camminare, anche se in maniera goffa. Potevo parlare, anche se altrettanto goffamente. Il dottore disse che ci sarebbe voluto del tempo.

Lida mi portò in giro, al parco, a fare shopping. Io facevo finta che fosse tutto normale, che niente mi sorprendesse, anche se il mio cuore era pieno di paura. Quelle macchine di ferro che apparivano di colpo da dietro l'angolo e i loro rumori assordanti acceleravano i miei battiti cardiaci. Più di ogni altra cosa, volevo sdraiarmi dov'ero e non alzarmi più. Ma Lida mi teneva la mano, senza mai lasciarmi, sia che attraversassimo la strada, attendessimo il verde o negoziassimo con gli ambulanti.

Tornavamo a casa insieme. Io aspettavo che lei cucinasse, e mangiavamo. Poi mi leggeva il giornale. Nella maggior parte dei casi, non riuscivo a capire cosa stesse succedendo nel mondo, ma annuivo come se capissi e poi, timoroso, me ne tornavo a letto per riposare.

Quando mi svegliavo, lei era di solito impegnata in giardino: annaffiava, dissodava o strappava le erbacce. Il sole del pomeriggio era giallo ramato, e illuminava tutto di una tonalità color seppia come nelle vecchie foto. Mi sembrava di ricordare qualcosa, ma me ne dimenticavo subito.

"Chi sei?" Gridavo.

"Lida." Lei non alzava la testa e continuava a fare qualunque cosa la stesse impegnando al momento.

"Chi era quella di ieri?"

"Sempre Lida. Il giorno prima di ieri e il giorno dopo domani, il giorno dopo di quello e ogni altro giorno che verrà, sempre Lida."

Annuivo e mi sedevo. Ogni giorno credevo che ci fosse sempre una donna diversa con un nome diverso. Il mio cervello, come le ginocchia, non funzionava molto bene.

"Lida... una volta conoscevo una ragazza con quel nome." Mi sembrava di parlare con lei, ma anche con me stesso. "Però non aveva così tante rughe come te."

Si fermò, si voltò verso di me e sorrise, il che aumentò l'effetto delle rughe sul suo volto.

"Ti ricordi ancora com'era?" Chiese, una goccia di sudore sulla punta del suo naso scintillava di luce dorata.

Mi sforzai di ricordare e scossi la testa. "Che mi è successo?"

Lida unì le mani e si alzò in piedi. "Sei stato in coma per giorni dopo l'operazione. Nessuno credeva che ci fosse più speranza per te. Ma poi ti sei svegliato in questa posa."

Sollevò la mano destra, il pollice piegato. Le altre quattro dita erano unite. Si portò la mano sopra la testa.

"Che vuol dire?"

"Sembrava stessi facendo 'ciao', e anche 'arrivederci.' Tu che dici?"

Ci pensai su. "Credo che dovrebbe essere un 'ciao.'"

Lei rise. "Lo penso anche io. Ciao!" Salutò agitando la mano.

Sembrava un po' assurdo. Ma per essere cortese, alzai lentamente la mano e salutai nel sole giallo-ramato. La luce coprì il dorso della mia mano calda.

"Ciao, Lida."

Per i milioni di persone che la adoravano lei era la famosa Miss G, ma aveva cominciato la sua vita con un nome perfettamente ordinario, come tutti. Era nata durante la grande recessione economica dei primi anni del nostro secolo in una cittadina sul mare dove fiorisce la balsamina. I suoi genitori erano colletti bianchi che avevano passato anni a trasferirsi da città in città cercando di sfuggire a disastri naturali o di origine umana, e di guadagnarsi da vivere. Alla fine si erano sistemati nella città della balsamina, un fiore che, per caso, significa "esilio" nel linguaggio dei fiori.

I suoi genitori erano stati entusiasti del fatto che fosse nata femmina, perché all'epoca essere femmina era doppiamente vantaggioso, era utile sia sul lavoro che a casa. Avere una figlia oltretutto rafforzava la fiducia dei genitori che i loro geni sarebbero passati alle generazioni future. Una parola del dottore, però, abbatté le loro aspettative sul fatto che la loro figlia avrebbe vissuto una vita meravigliosa.

"Preparatevi. Ha la vagina ipoplastica."

La medicina riconosce vari tipi di ipoplasia, e Miss G soffriva della forma più grave. Utero e canale vaginale erano sottosviluppati, il che significava che non avrebbe mai avuto le mestruazioni, non avrebbe mai avuto una vita sessuale normale, e non avrebbe potuto generare figli. La bella notizia era che le sue ovaie erano in buone condizioni, perciò le sue caratteristiche sessuali secondarie si sarebbero sviluppate normalmente e avrebbe potuto avere figli tramite fertilizzazione in vitro e maternità surrogata. Il dottore cercò di consolarli dicendo loro che una volta raggiunta la pubertà sarebbe stato possibile ricostruire chirurgicamente i suoi genitali per darle una vita normale da donna sposata.

I suoi genitori non avevano usato progesterone durante la gravidanza e non c'era una storia di epilessia in nessuna delle due famiglie, perciò poterono solo ascrivere questa sfortuna al destino e accettarla in silenzio.

I suoi genitori fecero del loro meglio per impedire a Miss G di ottenere un qualunque tipo di educazione sessuale, ma a tredici anni scoprì la differenza fondamentale tra lei e le altre ragazzine.

"Mamma, sanguinano sempre tutte." Miss G tornò da scuola terrorizzata.

Con uno sforzo della sua immaginazione la madre di Miss G riuscì a inventarsi una bella fiaba per spiegare perché Miss G fosse diversa dalle altre. Era un dono del cielo, disse la madre di Miss G. Un angelo puro di cuore era intervenuto per fare in modo che Miss G venisse tenuta lontano da sporcizia e male. Almeno finché non avrebbe avuto diciotto anni.

Miss G dovette subire la gelosia e l'invidia delle sue compagne di classe perché manteneva buoni voti a educazione fisica, perché non doveva avere a che fare col fastidio dei dolori mestruali.

Era suscettibile a inspiegabili cambiamenti d'umore, ma risultava più calma e composta delle altre ragazze. Era attenta a tenere nascosto il suo segreto, perché capiva intuitivamente che tutte le interazioni sociali tra le ragazze dipendevano dallo spirito di gruppo. Non succedeva mai niente di buono a chi si allontanava dal gregge.

La sua curiosità e la sua ansia aumentarono con il passare degli anni.

Raccolse grande quantità di informazioni sulla fisiologia sessuale dalla biblioteca e online, ma servì solo a disperarla di più. Si rese conto che le possibilità di provare mai un orgasmo per lei erano prossime a zero, a meno che la scienza non facesse passi da gigante. Ma durante i primi sedici anni della sua vita gli scienziati erano si erano occupati solo della creazione di vagine artificiali buone solo per soddisfare il desiderio sessuale degli uomini, il tutto sostenendo di essere impegnati nel nobile compito di restituire agli uomini la loro "qualità della vita".

Quando aveva quasi diciassette anni incontrò un ragazzo. Si passavano bigliettini, si chiamavano al telefono, andavano al cinema e in altri posti, e si baciavano. Facevano tutte le cose che ragazzi e ragazze fanno quando sono innamorati, e Miss G arrivò a credere di essere sul punto di vivere una vita normale... finché lui non le infilò la mano nelle mutande e fuggì via come se ne andasse della sua vita.

Storie e soprannomi su di lei si sparsero a macchia d'olio a scuola. Pianse e meditò di uccidersi, ma non ci provò mai. Un femminismo nascente iniziò a formarsi nella sua coscienza. Era arrivata a un punto di svolta della sua vita.

"Hai mai sentito parlare di sesso orale?" le chiese il dottore, serissimo. "Stando alla ricerca, 67% delle persone hanno provato il sesso orale, e il 34,8% crede che il sesso orale sia la forma di contatto sessuale più soddisfacente."

Fissò il suo cranio pelato, tenendosi per sé la domanda sulle quantità di uomini e donne in quel 34,8%.

"Facciamo una chirurgia ricostruttiva prendendo membrane mucose dalla bocca e trasferendole alla vagina. Prima costruiamo un canale vaginale e poi prendiamo del tessuto dalle membrane mucose della bocca e lo attacchiamo all'interno della vagina. Ci vogliono due settimane perché il tessuto faccia presa, e dopo trenta giorni potrai fare sesso. Le membrane non hanno alcun odore, non sanguinano molto, e sono lisce e non adesive. Le membrane della bocca e della vagina sono isogeniche, hanno una struttura simile. Ti garantisco che il tuo rimpiazzo passerà per una vagina vera. Sarà un po' come avere una bocca lì in basso."

"Potrò avere un orgasmo normale?"

"Forniamo anche ogni tipo di cura dentale, dallo sbiancamento dei denti alle otturazioni e riparazioni." Non sembrava che il dottore l'avesse sentita. "Per il periodo di guarigione dopo l'intervento chirurgico ti forniremo gratuitamente un dildo o degli assorbenti interni per aiutare la tua nuova vagina ad abituarsi al sesso."

"Potrò avere un orgasmo, dottore?"

"L'85% delle donne passano le loro intere vite senza avere mai un orgasmo. Non posso aiutarti per questo." il dottore scrollò le spalle.

Non sarebbe diventata la bambolina sessuale di nessuno, anche se quella persona si fosse innamorata di lei prima di sapere della sua ipoplasia. Non era sufficiente che qualcuno amasse solo la sua mente. Non era questo il significato dell'essere donna.

Miss G disse addio ai malinconici anni del liceo, si tagliò i capelli e arrivò al college con un look androgino.

Fin da subito fu nel mirino di varie organizzazioni lesbiche che facevano a gara per averla con loro. Sperimentò delle relazioni intime molto piacevoli con qualche compagna di classe, ma le varie cose che facevano assieme non erano abbastanza a soddisfare i suoi desideri.

"Il college è un periodo importante per modellare il proprio carattere e formare i propri valori. Spero che ognuno di voi abbia il coraggio di provare cose nuove e trovare la propria strada nella vita." Così parlò il professore.

Miss G era il genere di studente che faceva quanto le veniva detto: esplorò il cinema pornografico di varie tradizioni nazionali diverse; fumò marijuana e si diede al LSD, provò il sadomaso e sperimentò l'asfissia erotica, e per poco non soffocò a morte.

Ma più cose provava e più era insoddisfatta.

Era come lavorare a un puzzle con un pezzo mancante. Più cerchi di prestare attenzione alla bella immagine fatta coi pezzi che hai, più muori dalla curiosità di sapere che aspetto avrebbe il puzzle con quel pezzo mancante. Roba da diventare pazzi.

La mancanza è la forza principale dietro ogni azione. Freud ci aveva preso su quello.

Miss G concentrò la sua attenzione dal mondo esterno a quello interno. Smise di cercare esperienze che le avrebbero dato uno stimolo sempre maggiore perché aveva capito che ciò le avrebbe reso ancora più difficile raggiungere la soddisfazione. Studiava filosofia, e sperava di trovare il pezzo mancante del puzzle grazie alla metafisica.

Sfortunatamente, passando da Platone a Agostino d'Ippona, a Kant, a Lacan, a Zizek, a Desi Sangye Gyatso, ogni mondo ideale che costruiva veniva poi distrutto e rimpiazzato da qualcosa di nuovo, finché non si trovò a vagare nel deserto del nichilismo. Era esausta e non trovava nessuna fonte da cui dissetarsi.

Una brillante domenica mattina sentì il suono delle campane della chiesa portato dal vento, e le fece battere forte il cuore.

La capacità di credere è innata. Questa era la conclusione a cui Miss G era giunta, dopo essersi impegnata a fondo con alcune delle organizzazioni religiose più grandi nel campus, dopo aver conversato fino a tarda notte con vari credenti.

Decise che alcune persone erano nate con una maggiore capacità rispetto agli altri di trovare pace e trascendenza nella religione. Forse era il risultato di un vezzo dei processi cerebrali di riconoscimento dei pattern dei loro cervelli. Quando i credenti affrontavano delle scelte di vita difficili riuscivano a creare in loro, grazie ai riti di preghiera, una reazione chimica che pensavano fosse uno spirito che si manifestava a loro. Erano perciò in grado di fare scelte considerandole dettate da Dio. Esaminò molta ricerca e scoprì che un effetto psicologico simile poteva essere prodotto applicando delle scariche elettriche alle pieghe temporali del cervello, accompagnandolo a dosi massicce di endorfine. Se era vero, allora la vita era un buffet e poteva scegliere ciò che voleva. Anche lei poteva diventare credente in una religione.

Si approfittò un po' di una studentessa di medicina che aveva una cotta per lei, e dopo qualche difficoltà riuscirono a procurarsi gli strumenti e le medicine di cui aveva bisogno. Firmarono un accordo che ovviamente non aveva nessun valore legale, e siglarono il patto con un lungo bacio come promessa dell'una all'altra.

Nel buio, Miss G poteva sentire il cuore batterle sempre più forte e più veloce, come un tamburo aborigeno. Si innalzava come un fuoco da campo e si avvolgeva come un serpente.

"Arriva." Così parlò il pseudo-prete.

Il corpo di Miss G si scosse quando un lampo le attraversò la coscienza annebbiata. Si fermò sulla sua fronte come una colomba, le penetrò il cranio, raggiungendo il dietro del collo, poi si diffuse lungo la spina dorsale e per tutto il corpo. Le si aprì leggermente la mascella, e i muscoli in viso tremarono. Lacrime le scesero dagli occhi mentre un senso di gioia incredibile raggiungeva tutte le terminazioni nervose del suo corpo, piegandole come mele mature su rami curvi.

Provò pace e serenità come mai aveva provato prima. Una porta si era aperta in lei, conducendola in un infinito reame di tempo-spazio dove c'era caldo e luce e la durata di una vita intera non era che sabbia nel Gange, che scintilla e scorre gentile.

Pianse e offrì una preghiera al Creatore. "Ti prego, concedimi orgasmi. Orgasmi che non necessitano di una vagina, un uomo o un vibratore. Orgasmi veri e liberi"

Perse i sensi.

Quando si risvegliò era sola nel laboratorio e le ci volle un po' per ricordarsi dove si trovasse. Incespicando uscì dall'edificio, sentendosi calda e irrequieta senza capire perché.

Di notte il campus era completamente vuoto, eccetto per un gatto in calore che attraversò la strada. Camminò lentamente fino alla riva del lago, le ombre degli alberi che danzavano intorno a lei, la luce della luna come acqua. Sotto i vestiti la pelle le sembrava tesa, calda e appiccicosa. C'era qualcosa di diverso nelle sue sensazioni tattili. Si tolse i vestiti e studiò la sua pelle. Una brezza passò. Nella luce della luna poteva vedere la sua pelle incresparsi come la superficie del lago. La sua pelle era sempre stata liscia come il velluto, ma ora era coperta da piccole increspature che sporgevano dalla superficie.

Riprendendosi dalla paura toccò la pelle che sporgeva con un'unghia, e una forte sensazione di piacere mai provata prima le attraversò il corpo come una scarica elettrica. Fece di tutto per impedirsi di gridare. La brezza tornò e la pelle del suo corpo si alzò e abbassò come un campo di grano mosso dal vento. Sotto a ognuna di quelle protuberanze c'era un piacere immenso, come una mina pronta a esplodere con forza appena veniva toccata.

Era ciò che aveva chiesto.

Delle gocce d'acqua iniziarono a scendere dal cielo.

La pioggia era dura e pesante. Scintillava alla bianca luce della luna e cadeva sulle piccole collinette sulla sua pelle. Ora provava un piacere diverso, veloce e compatto, come una serie di singole esplosioni che avvenivano contemporaneamente e si diffondevano dappertutto.

Perse il senso del tempo; tutte le gocce sembravano posarsi e cadere simultaneamente. Le gocce erano come proiettili che le attraversavano gli arti. Provò dolore, poi andò in estasi, il fluido che secerneva la sua pelle che si mescolava con la pioggia e le avvolgeva il corpo, rendendola morbida e viscida come un'anguilla.

Voleva chiamare aiuto, ma non ci riusciva. Credeva che sarebbe morta.

La pioggia cessò.

I passanti trovarono Miss G e la portarono all'ospedale. Dato che non aveva nessuna ferita visibile fu trasferita da reparto a reparto finché non finì nelle mani del dottor S nel reparto psichiatrico. Dopo aver chiesto alcune cose a Miss G e averle fatto un breve esame fisico, il dottor S sembrava emozionato come se avesse vinto la lotteria. Cancellò il resto dei suoi appuntamenti, chiuse la porta e iniziò la sua indagine. Elettroencefalogramma, TAC e risonanza magnetica funzionale non evidenziarono niente di fuori dall'ordinario.

Il Dottor S si mise dei guanti di lattice e manipolò ripetutamente le protuberanze sulla pelle di Miss G, facendone fuoriuscire un liquido, finché Miss G non tremava e andava in estasi. Poi ricominciava con un paio di guanti asciutti. Rimaneva freddo e distaccato come un eunuco.

Era il primo uomo a dare orgasmi a Miss G, e per un po' sembrava non volesse fermarsi mai.

Lei non poteva evitare la strana sensazione che quell'uomo era diventato, in un certo momento, diverso dagli altri quattro miliardi di creature che avevano palle che secernevano testosterone. Non era in grado di dire quale fosse la differenza, ma quando la toccava il suo mondo acquisiva la forma di una bottiglia di Klein.

Almeno finché non prese in mano la lancetta.

"Sapevi," disse il dottor S, "che non abbiamo mai trovato una concentrazione di nervi maggiore rispetto a quella del punto G? Darai l'inizio a una rivoluzione."

Miss G non voleva diventare un'icona femminile come la donna del dipinto "La Libertà che Guida il Popolo" più di quanto il dottor S, che andava alla ricerca della conoscenza, fosse interessato all'amore e al sesso. Dalla pelle di Miss G era uscito così tanto fluido che riuscì a scivolare dalla presa del dottor S. Cercò di schiarirsi la mente dalla confusione data dall'orgasmo mentre scappava dalla porta.

Corse via, completamente nuda, la pelle fumante. Ma quel comportamento non sarebbe sembrato strano in quei giorni. In effetti gli unici ad essere preoccupati erano quelli che si occupavano del controllo del traffico, perché è un limite naturale del cervello umano non riuscire a concentrarsi allo stesso tempo sulle condizioni della strada e su una donna nuda che corre.

Una pattuglia aerea del traffico beccò Miss G sul ciglio della strada. A quindici chilometri di distanza nel centro di controllo del traffico un monitor sulla parete mostrava il suo corpo nudo da vari angoli differenti. Una voce robotica parlò dal veicolo di pattuglia, chiedendo a Miss G di mostrare un documento.

Si girò e guardò la collina che portava in alto, lontano dalla strada. I suoi movimenti vennero catturati, allargati sul monitor e interpretati come un'indicazione della sua intenzione di fuggire. Un taser sparò dal veicolo di pattuglia, e al lampo e allo scatto dell'arco elettrico, Miss G cadde a terra.

Il monitor sulla parete era diviso in sessantaquattro quadrati, e ogni quadrato mostrava lo stesso corpo da angolazioni diverse, con scala diversa e a risoluzione diversa. In tutte le immagini le onde sulla pelle fremevano in modo straordinario. Il responsabile si alzò e la sua sedia cadde a terra con un botto rumoroso. Prese un telefono e fece un numero.

Quando si riprese, Miss G scoprì che era stata legata a un letto d'ospedale. Vicino al letto c'erano attrezzi di tutti i tipi e le pareti erano bianche. C'erano tre uomini nella stanza, e quello che sembrava essere il dottore le stava togliendo degli elettrodi dal corpo. Vedeva uno degli altri uomini di profilo. Giocherellava con un sigaro non acceso. La guardava con la coda dell'occhio mantenendo un'espressione impenetrabile. Un terzo uomo, un tipo panciuto, era stravaccato su un divano, e quando vide che si era svegliata la sua espressione cambiò e acquisì un'aria preoccupata.

Disse, "A nome dell'organizzazione, prometto che ti cureremo."

Miss G si sentiva debole. A fatica riuscì a dire, "Non c'è bisogno."

Gli uomini si guardarono tra di loro e risero. Miss G cercò di sedersi. L'uomo che le volgeva il fianco fece un gesto e il dottore la slegò.

Vide che indossava una vestaglia da ospedale azzurrina. Era lenta, ma le toccava comunque la pelle in alcuni punti e ciò la fece gemere di piacere. Gli uomini cambiarono posizione, imbarazzati.

Macchie bagnate apparvero dappertutto sulla vestaglia, disegnando i contorni del suo corpo.

"Mi sa che dovremo trovarti dei vestiti diversi," disse l'uomo col sigaro, interrompendo il suo silenzio.

I suoi nuovi vestiti vennero consegnati tre giorni dopo. Non erano roba da poco presa da negozi qualunque, ma non erano nemmeno capi d'alta moda. Erano stati fatti apposta per Miss G. Solo per lei.

A una prima occhiata sembravano delle semplici tute aderenti, ma al tocco sembravano fatte di una sostanza collosa. Erano fatte di una fibra speciale che conteneva delle cellule piene d'aria che cambiavano forma al tocco, così la forza della pressione su qualunque punto veniva immediatamente distribuita nelle aree adiacenti e poi dispersa, riducendo enormemente gli stimoli provati da Miss G.

Erano stati abbastanza premurosi da averle dato un'ampia scelta di colori e fantasie.

Miss G guardò le strisce argentate nello specchio e la mente le tornò di colpo alla lancetta in mano al dottor S. Erano successe così tante cose così velocemente che non aveva avuto la possibilità di riflettere sulla sua esperienza. Gli orgasmi che aveva tanto cercato ora erano diventati una minaccia che poteva ucciderla da un momento all'altro. Si sentiva come se stesse invecchiando molto velocemente. Ogni orgasmo la faceva risplendere di salute, ma qualcosa stava cambiando e non riusciva a capire cosa fosse.

Si chiese se il dottor S fosse diventato impotente dopo aver passato qualcosa di simile a ciò che stava accadendo a lei.

Una settimana dopo Mr. M e il Comandante P apparvero di nuovo, portandole un contratto da firmare. Miss G aveva il vago sospetto che quei due uomini avessero paura di lei ma lo nascondessero cercando di darsi un'aria dignitosa.

Si accarezzò il corpo di proposito per vedere la loro reazione imbarazzata. Sorrise, pensando che non era mai stata così vicina nella sua vita alla tipica esperienza di una donna.

Il contratto era come un accordo che un'agenzia di talenti poteva stipulare con un cliente, ma era anche lungo come la morte, e pieno di dettagli irrilevanti. Miss G lo lesse svariate volte, ma non riuscì a capire quali fossero i punti principali. Mr. M prese il contratto e lo gettò dall'altra parte della stanza.

Guardò Miss G con un'espressione indecifrabile negli occhi e disse: "Tutto ciò che devi fare è goderti gli orgasmi. Ci occuperemo noi di tutto il resto." Miss G pensò per un attimo e decise che non aveva davvero molta scelta. Non finché era rinchiusa in quella stanza.

"Mi serve un nome d'arte."

Risero forte e a lungo. "Ne hai già uno."

Il nome di Miss G cominciò a circolare discretamente nell'alta società. Si poteva assistere alle sue performance solo su invito. Il prezzo di un biglietto era altissimo, ma l'esatto importo era un segreto ben protetto. I visitatori VIP che avevano ricevuto gli inviti venivano condotti in stanze private, da dove guardavano l'esibizione da una finestra. Il contatto fisico o verbale con Miss G era vietato. Dopo le prove i manager di Miss G progettarono e fecero costruire un auditorium fatto per sembrare un teatro dell'opera classico, anche se più piccolo.

Il palco era circondato per tre lati da stanze private. Al massimo si potevano ospitare fino a sessantaquattro invitati. Agli ospiti veniva garantita la privacy e potevano selezionare da un menù diverse opzioni per vederla, tra cui la proiezione di un'immagine di Miss G che era alta trenta piedi e mostrava tutti i dettagli più piccoli, così che ci si sentiva come se si nuotasse in un mare color carne dove le onde si alzavano e si abbassavano.

Resero persino possibile per il pubblico fare a gara per i biglietti o fare donazioni a Miss G che andavano ben oltre il prezzo del biglietto, cosa che soddisfava il desiderio del pubblico di partecipare all'azione e incrementava i profitti.

Miss G sentiva che stava cambiando.

All'inizio doveva indossare occhiali scuri e cuffie prima di calarsi nell'umore giusto. Era da sola sul palco, e oltre le luci di scena c'era un'oscurità densa come un buco nero primordiale.

Uomini ricchi e potenti venivano nascosti da quell'oscurità e traevano piacere dai suoi orgasmi. Ciò la faceva sentire a disagio, e non riuscì a seguire il consiglio di godersi gli orgasmi e basta.

Faceva tutto ciò che le veniva chiesto, ma diventava sempre meno piacevole. Alla fine doveva sempre usare un qualche dispositivo prima di raggiungere l'orgasmo. Poi si inchinava e si allontanava dal palco, il corpo bagnato e scivoloso.

Cambiavano il set e gli arredi scenici continuamente. Miss G si esibì in una tempesta, in una foresta e in un deserto, lottò contro un gigantesco polpo nelle profondità dell'oceano; fu torturata nella stanza drappeggiata di velluto di un palazzo e lottò per sopravvivere in un vortice vischioso di un pianeta alieno. Sarebbero tutte potute essere scene da un film pornografico di serie B dagli anni Settanta o Ottanta che finiva con orgasmi da poco, nei due sensi del termine.

Miss G si sentiva il giocattolo di altri, ma non si era mai dimenticata quella prima volta al campus universitario. Per lei aveva un grande significato. Il vento l'aveva accarezzata e la pioggia dura l'aveva eccitata. Non c'era nessuna gestalt che potesse spiegare ciò che le era successo. Arrivò all'improvvisa conclusione che non le serviva un uomo. Il vento era il suo uomo, la pioggia era il suo uomo, la luce era il suo uomo, il mondo era il suo uomo.

Da allora ciò diventò il primo principio della sua filosofia sessuale.

Per gli uomini di carne e sangue, per quei magnati che governavano il mondo, Miss G si tolse gli occhiali scuri e guardò dritta nel nero nulla intorno a lei, come se cercasse il maschio della sua specie nascosto come un verme per guardarlo dall'alto in basso.

Aprì le labbra e cominciò a parlare dolcemente. "Voi..." Le sue cuffie si riempirono del clamore di proteste confuse.

"Voi non siete altro che parassiti attaccati ai vostri cazzi."

Chiusero subito il canale che trasmetteva la sua voce. Il pubblico di VIP da tutto il mondo non era interessato a sentire cosa avesse da dire su di loro una bambola sessuale, specialmente se ciò che aveva da dire non era affatto carino. Ma le cose erano cambiate.

Miss G aveva afferrato lo spirito del tempo.

Gli esperti dicevano che la terza crisi della sessualità umana era arrivata. Se si accettava che le prime due crisi erano state basate sul sesso sicuro e sull'identità sessuale ed erano state risolte in maniera rapida ed esperta grazie al progresso della tecnologia, allora si poteva supporre che questa terza crisi avrebbe avuto a che fare con la natura fondamentale del sesso. C'era qualcosa che non andava nel desiderio sessuale umano. Il desiderio stava svanendo, c'era stato un calo delle nascite, la popolazione stava invecchiando, e l'androginia era sempre più diffusa.

Questi, tuttavia, non erano che fenomeni superficiali. Il problema esistenziale stava nel fatto che, come specie, gli umani avevano perso il desiderio di evolversi, l'umanità era come un pene vecchio e floscio. Questa era la cosa spaventosa.

Quando le droghe e i sex toy non potevano eccitarli più, ecco che il popolo scoprì Miss G, che venne a loro come un dono del Cielo.

Lo status sociale di Miss G aumentò ancora di più. Ne era conscia e se ne approfittò.

Cominciò a progettare scenografie che piacessero a lei. In questi set veniva sfiorata da uomini su un autobus affollato, incontrava qualcuno in un fast-food, e faceva ginnastica.

Questi set non avevano né storie né spettacolarità, e vennero criticati ampiamente, ma in seguito divennero un argomento di ricerca molto apprezzato dagli studiosi. Si giunse alla conclusione che quelle scene fossero basate sulle fantasie sessuali della gioventù di Miss G

Per mantenere la lunga tradizione della professione, esigette di vedere il suo pubblico. Tutti dovevano essere in vista, niente maschere né falsi specchi. Questa richiesta causò una rivolta, molte persone del pubblico la videro come un'invasione della loro privacy. Se ne andarono infuriati, ma tornarono chiedendo di poter indossare maschere pagando un extra.

"Niente favori, niente eccezioni." Così parlò Miss G.

Mr. M e il Comandante P cominciarono a sospettare di non avere più loro il controllo.

Per placare i clienti, Miss G diede loro dei guanti che fornivano un feedback wireless.

Durante una parte specifica dello spettacolo il pubblico poteva mettersi i guanti e toccare virtualmente il corpo di Miss G. Con quei guanti si sentivano come se la stessero toccando, potevano persino sentire il bagnato. Questo aggiornamento ricevette reazioni entusiastiche.

Poi Miss G esigette che ogni stanza VIP fosse fornita di una luce fuori dalla finestra. La luce diventava verde quando all'ospite diventava duro, e rossa quando eiaculava. Dopo, un profumo a base di feromoni sarebbe stato nebulizzato nella stanza.

E così Miss G cambiò le regole degli spettacoli. Era lei ad avere il controllo ora.

Quando era sul palco e metteva in scena momenti di vita quotidiana e cominciava a bagnarsi eccitata poteva evocare a suo piacimento proiezioni delle immagini dei clienti – nel buio fluttuavano immagini di tutti i tipi di uomini: primi piani, busti, nudi. Con il semplice movimento dei suoi occhi poteva allargare o ridurre le immagini, o deformarle e allungarle. Gemeva, si contorceva e tremava, la superficie della sua pelle che formava onde come un mare in tempesta. Guardava le luci verdi accendersi, splendere più forti e poi passare a rosse, per poi spegnersi. Poteva percepire minuscole differenze nelle reazioni degli uomini. Poteva sentire il peso della gravità e la forza del tempo. Alla fine collassava, ansimante, e si immergeva nel nulla.

Si sentiva come un'addestratrice di animali, ma anche come una scienziata. Faceva ricerche sul suo stesso corpo, su quelle creature che esistevano come parassiti attaccati ai loro peni, e sui complessi collegamenti tra il suo corpo e loro. Lo trovava sempre affascinante.

Finché lui non apparve.

La sua luce diventò verde appena entrò nella stanza, e continuò a risplendere verde anche dopo che tutte le altre luci, che splendevano nell'oscurità come fari, erano diventate rosse e si erano spente.

Miss G fece apparire la sua foto e la ingrandì. Aveva un aspetto ordinario, ma indossava un paio di pantaloni speciali fatti per essere molto larghi per nascondere il suo segreto sconvolgente. Provò tutti i trucchi che conosceva, ma non riuscì a cambiare la sua luce da verde a rossa. Frustrata, lo osservò uscire. Per la prima volta nella sua vita aveva trovato un uomo di cui voleva sapere tutto.

"Mi dispiace molto, ma sarebbe una violazione del protocollo." disse Mr. M freddo. "E poi questo probabilmente è il nostro ultimo spettacolo qui. Sospendiamo il nostro accordo."

"Dicono che quello che facciamo è illegale?" Miss G non riusciva a pensare ad altre spiegazioni.

"No." Mr. M rideva, ma come al solito i suoi occhi non rivelavano a cosa stesse pensando.

"Le circostanze sono cambiate. Pensano che tu debba appartenere a tutta l'umanità, non solo ai ricchi e potenti. Ma ti servirà comunque un agente, no?"

Miss G era convinta che ciò avesse a che fare in qualche modo con l'uomo con la luce verde. Aveva paura, perché un conto era fare ciò che faceva su un palco sotto le luci di scena, e un altro era farlo fuori alla luce del giorno. Ma di nuovo si sentì come se non avesse scelta.

La sua prima esibizione in una piazza pubblica finì in un disastro. Quando una Miss G ancora sconvolta venne portata via in fretta da un elicottero militare, guardò giù e vide una massa torbida e fremente di decine di migliaia di persone. Stavano stuprando, derubando, calpestando persone, lottando e appiccando fuochi. L'eccitazione sessuale era diventata una violenza selvaggia che si era diffusa nella folla come un contagio. Vedeva corpi morti venir trascinati sul terreno lasciando strisce di sangue. Chiuse gli occhi di fronte all'orrore.

"Non è colpa tua." Mr. M consolò la tremante Miss G. "Gli spettacoli dovrebbero essere solo tramite i media."

In verità il media in questione si rivelò un oggetto particolare. Diedero il via alla produzione di uno strumento olografico portatile che veniva venduto con ventiquattro ore delle migliori performance di Miss G precaricate. La gente chiamava il dispositivo "icona". Chi lavorava nel mercato nero dei software investì parecchi soldi per hackerare il dispositivo, ma risolvere la sfida tecnologica non era il loro vero problema. Il problema era che, secondo chi credeva in Miss G con una devozione degna di chi crede in uno sciamano, il potere sessuale trasmesso al pubblico era al massimo durante gli spettacoli dal vivo di Miss G, e la seconda opzione più forte era l'olografia dell'icona, e solo dopo venivano le immagini trasmesse dai media tradizionali. Le copie piratate delle proiezioni dell'Icona erano le meno efficaci perché erano sacrileghe. Centoventiquattro persone morirono in piazza, e varie migliaia vennero ferite. Ciò fu spiegato come una ribellione di massa.

Miss G rifiutò tutti gli inviti ad esibirsi. Stava riflettendo. I suoi orgasmi le davano un grande piacere e eccitavano gli altri, liberando la loro energia sessuale dormiente. Ma i suoi orgasmi avevano un grande potere distruttivo, non potevano essere controllati o direzionati. Era un genere di sesso che non serviva al mondo. Il sogno di salvare il mondo con l'amore era fallito, non c'era bisogno di riprovarci col sesso. "Se è così, allora a che serve la mia esistenza?"

Ancora una volta si trovò nel pieno di una crisi d'identità che la faceva dubitare di qualunque cosa in cui credeva.

Cercò di trovare il "vuoto" grazie alla meditazione Zen. Contava i respiri, lasciava perdere tutte le nozioni precostruite, e osservava con distacco i pensieri che entravano e uscivano nella sua testa, ma non riusciva mai a raggiungere il reame di Budda e trovare la pace. Miss G si rese conto con sorpresa che la sua mente non era solo attaccata a quell'uomo la cui luce verde non cambiava mai, ma anche al dottor S con la sua lancetta.

Loro due avevano qualcosa in comune. Erano immuni a Miss G.

Improvvisamente seppe cosa fare.

Lo spettacolo fu di proporzioni mai viste prima, e i diritti per la trasmissione vennero venduti alla stessa cifra di quelli per le cerimonie d'apertura della Coppa del Mondo. Il pubblico poté entrare solo dopo un controllo di sicurezza approfondito.

Gli ospiti speciali fornirono delle meravigliose esibizioni d'apertura. La performance della Kama Sutra Acrobatics Troupe dall'India e la musica elettronica afrodisiaca di DJ Pho portarono il pubblico sulla soglia dell'estasi. E poi l'artista principale fece la sua entrata in scena drammatica.

Un elicottero apparve e calò un grande oggetto sferico a un'altezza di duecento piedi dal suolo, dove fu depositato al sicuro al centro di una struttura di supporto attaccata al tetto dello stadio e sospesa sul campo. La sfera apparve nelle inquadrature ravvicinate sugli schermi dappertutto nello stadio, e la sua superficie trasparente luccicava sotto i riflettori.

Miss G indossava una tutina diafana ed era rannicchiata, galleggiando nella sfera come un feto.

Grida di gioia si levarono dalla folla, le luci si abbassarono e lo stadio venne avvolto dal silenzio, come per un'incoronazione o un battesimo.

Da sotto, una colonna di luce raggiunse la sfera, come se la sorreggesse. La sfera rifletté la luce, riversandola in tutte le direzioni come una fontana. Il colore della luce cambiava a tempo dei battiti della musica elettronica. La folla non aveva assunto droghe, ma per loro era come trovarsi alla festa trance del secolo. La luce splendeva e i colori sovraccaricavano le retine dei fedeli, i loro sistemi nervosi che vacillavano sotto quegli stimoli violenti. Il personale medico accorse per occuparsi dei corpi che avevano ceduto all'eccitazione.

Lentamente e con grazia Miss G si dispiegò, come la vita all'inizio il procedimento dell'evoluzione centinaia di migliaia di anni fa. Puntò lo sguardo sulle masse irradiate da un arcobaleno di luce sotto di lei. Come la Beata Vergine, aprì le braccia e un sorriso le apparve sulle labbra. Sugli schermi

lampeggiarono due parole scritte in caratteri grandi e luminosi, e la folla cominciò a cantarle in unisono:
FAMMI VENIRE!
FAMMI VENIRE!
FAMMI VENIRE!

Raggi di luce verde si accesero sotto i sedili, attraversando l'aria dello stadio e penetrando la sfera. Sugli schermi un ingrandimento mostrò i raggi di luce che passavano oltre la superficie della sfera e raggiungevano i seni di Miss G. La sua tuta sensitiva alla luce cominciò a scintillare di impulsi elettrici azzurri e bianchi. Quando l'energia raggiunse il suo corpo, le venne la pelle d'oca e aprì leggermente le labbra: un sistema audio Dolby riempì lo stadio con il maestoso suono del suo gemito. Quasi allo stesso tempo la folla iniziò a creare l'onda. Sugli schermi la pelle di Miss G tremava e si increspava.

Solo allora la folla capì il significato delle penne laser che erano state piazzate sotto i loro sedili. Innumerevoli raggi di luce raggiunsero la sfera, convergendo al centro dello stadio in un cono irregolare che invadeva la sfera come un'onda di marea, inondando Miss G. La sua tuta risplendeva di archi elettrici come una tempesta nel Pacifico del Sud.

La luce sfavillò sui suoi seni, sotto le braccia, sul pube, sui lobi delle orecchie, sulla pancia e sui palmi delle mani. Sembrava un'immagine frattale di sè stessa che ruotava lentamente, e il movimento di carne e muscoli creavano una spirale di luce che le si avvolgeva intorno al corpo. Era un mandala con il potere di evocare fluidi appiccicosi e ondate di piacere.

Tutto ciò veniva ripreso in immagini olografiche che incombevano sul pubblico. Il pubblicò entrò in uno stato di frenesia. Il personale della sicurezza si preparò. La situazione era prossima ad andare fuori controllo.

Nel mezzo di tutta la confusione Miss G si sentiva come se fosse tornata a quella prima notte di pioggia. Guardando in alto oltre le luci che piovevano su di lei come pioggia, ammirò il cielo pieno di stelle. Non era cambiato niente. Nel bel mezzo dell'orgasmo gli esseri umani rimangono costretti dalle leggi dello spazio e del tempo, e sono comunque prigionieri dei loro sensi. Improvvisamente provò pace e chiarezza come se tutto acquisisse un senso in quel momento, tutto – il fluido luccicante sul suo corpo, la polvere scintillante in aria, la miriade di punti di luce, il mondo intero.

"Fermi," disse. Tutto si fermò.

I raggi di luce si allontanarono dalla sfera, la musica si fermò e la folla si allontanò da quello stato di estasi che aveva raggiunto. Perplessi, tutti guardarono gli schermi, che guidarono il pensiero del pubblico. Ciò che vedi è ciò che ricevi. Miss G rimase tranquilla. Si pulì il fluido dalla faccia e guardò i centomila discepoli del desiderio. Decise di dar loro un anticlimax.

"Non c'erano orgasmi," disse. "Fingevo. Tutto è un illusione. Tutte le illusioni cominciano nel sé. Tutto ritorna al nulla."

La folla non riusciva a capire il significato profondo di quella specie di haiku. Si sentirono svuotati.

Alcuni si misero a piangere, altri si arrabbiarono e cercarono di andare oltre il cordone di sicurezza, ma la maggior parte di loro rimase lì in silenzio, lasciò le sedie e uscì dallo stadio come se qualunque nozione erotica o sensazione sessuale fosse stata loro risucchiata via.

Era destinato a succedere, prima o poi. Quelle immagini strazianti vennero trasmesse via satellite all'85% delle persone sulla Terra. Il mondo intero era esausto, sfinito, aveva bisogno di riprendersi.

Miss G guardò lo scompiglio nello stadio, il corpo le divenne rigido e svenne. Non aveva altra scelta che mentire: non poteva assumere il ruolo di salvatrice dell'umanità, le false speranze avrebbero guidato lei e tutti quanti verso la distruzione. L'unica cosa che poteva fare era restituire loro il controllo sulla loro sessualità. Ma non le venne mai in mente di tenere conto della sua situazione difficile.

Un culto religioso radicale chiamato Froid Équateur dichiarò che Miss G era una truffa, una sacrilega e perciò ogni membro dell'organizzazione aveva la responsabilità di rintracciarla e ucciderla. Forse per ironia, l'avevano condannata a morte tramite orgasmi.

Data la sua fisiologia unica non sarebbe stata in grado di sopravvivere agli effetti della chirurgia plastica, e così dovette lasciare il paese sotto falso nome.

Provò a chiedere ad alcuni dei suoi vecchi clienti di proteggerla, perché erano uomini potenti, ma tutti si rifiutarono freddamente. Il motivo era lo stesso dato da chi voleva ucciderla: li aveva ingannati.

Un'ironia ulteriore era data dal fatto che, da quando avevano imparato ciò che credevano fosse la verità su Miss G, non venivano minimamente eccitati dalle sue esibizioni.

"Il che implica che, da un certo punto di vista, non stavo ingannando nessuno," pensò Miss G. Per fortuna Mr. M rispettò il loro contratto e le diede una grande somma di denaro per ricompensare le sue fatiche e per aver lui stesso infranto l'accordo. Aprì le braccia, ma poi le riabbassò e disse dolcemente, "Stammi bene." Poi sparì nella notte nella sua Cadillac.

La vita quando si è in fuga è difficile, specialmente per chiunque sia famoso come Miss G. Pagando cifre altissime riuscì a nascondersi in paesi remoti, e spese ancora più denaro per comprare il silenzio di chi la aiutava. Visto che il suo corpo ipersensibile richiedeva che avesse delle attrezzature speciali, le era impossibile mantenere la sua vita un segreto, e per molti anni dovette spostarsi come un uccello migratorio.

Andò dalle colline delle Alpi al lago Hovsgol, e cercò persino di affittare un'intera isola disabitata nella Repubblica di Tonga, ma ogni pace che trovava era transitoria. Non c'era nessun luogo che fosse troppo remoto per Froid Équateur. Aumentò la taglia sulla testa di Miss G e promise onori ancora più grandi per chi l'avrebbe uccisa.

Rischiò grosso a Milford Sound in Nuova Zelanda. Una guida turistica amichevole le aveva detto che un gruppo di stranieri dall'aria tosta si erano messi a fermare le auto sulla strada per Te Anau e a mostrare alla gente foto di Miss G. Non c'erano treni o traghetti regolari per andarsene da Milford Sound, ed era pieno di scogliere e ghiacciai. Miss G aveva guardato la povera, giovane guida turistica, ma lui aveva evitato il suo sguardo, girandosi per osservare l'acqua e il riflesso capovolto di Mitre Peak.

Abbordarono la barca. Ovviamente il tour operator era stato corrotto. Un paio di uomini dall'aria forte che non si erano identificati cominciarono a fare ricerche nella barca.

"Che c'è li dentro?" chiese il loro capo, indicando un portello sul ponte.

"Pesce." la giovane guida turistica aprì il portello e l'odore del pesce li colpì in pieno. "Pesce morto." aggiunse.

Il loro capo aggrottò le sopracciglia e fece qualche passo indietro. Indicò a uno dei suoi uomini di controllare. L'uomo si avvicinò, si chinò dentro al portello, imprecò, trasse un respiro profondo, si tirò su le maniche e infilò le braccia nel pesce.

Miss G, la pelle di tutto il corpo diventata scivolosa come il raso, era prossima a svenire dalla puzza di pesce. Tutt'intorno a lei i pesci morti vennero mossi, e le piccole scaglie le sfregarono contro la pelle. Strinse i denti e cercò con tutta la sua forza di non gemere. Una mano le sfiorò la caviglia, e un'ondata di piacere la avvolse e non riuscì a evitare di contorcersi.

Il volto dell'uomo si fece rigido. Ritrasse la mano e gettò un'occhiataccia furiosa alla guida turistica ora pallidissima; poi si sporse dalla fiancata della barca e iniziò a vomitare.

"Cazzo. Non sono tutti morti," disse, tossendo.

Miss G ne aveva avuta abbastanza di quella vita. Decise che si sarebbe uccisa e che sarebbe morta vergine prima che potessero torturarla a morte.

Tornò nel luogo dove era nata, la città delle balsamine. Prese una stanza in un albergo a un isolato dalla casa in cui era cresciuta e spiò i suoi genitori ora invecchiati. Immagini della sua infanzia le apparvero davanti agli occhi, e si sentì come se fosse invecchiata prima del tempo.

Voleva lasciare qualcosa di sé stessa alle sue spalle, ma a parte un po' di soldi, non c'era niente che avesse che valesse la pena lasciare, men che meno i suoi ricordi.

Sembrava che, a parte i suoi genitori, non avesse mai davvero voluto bene a nessuno.

Aveva passato tutta la vita alla ricerca degli orgasmi, e ora sarebbe dovuta morire per gli orgasmi. Se la vita era un climax continuo, allora non era come una vita completamente priva di climax?

Non riusciva a immaginare cosa avesse sbagliato. Aveva cercato di essere diversa da tutti gli altri, ma aveva finito per perdere ciò che la rendeva speciale, o forse era stato il contrario.

Il suo errore, forse, era stato cercare il reame dell'infinito dentro al veicolo finito della carne. Tutta la vita era finita, tutto lo era, tutto quanto: l'universo, la libertà, l'amore.

Un orgasmo non faceva eccezione.

Era diventata una seguace della sua stessa religione ma aveva scoperto che non aveva sacrifici da offrire.

I pensieri in disordine, accese la Jacuzzi nella sua stanza. Aveva sedici ugelli, cinque velocità regolabili, e una serie di impostazioni. Progettava di morire di disidratazione in una vasca d'acqua in movimento.

Miss G trasse un respiro profondo e si infilò nella Jacuzzi. Il piacere la circondò in ondate infinite, e cominciò a tremare più intensamente delle acque della Jacuzzi. Svenne e inghiottì dell'acqua. Gli orgasmi le frustavano la pelle e le pugnalavano ogni poro, facendole male.

Iniziò a pentirsi della sua decisione e tirò fuori una mano per spegnere la Jacuzzi, ma ricadde giù senza riuscirci. Non aveva la forza di sedersi, una forza potente continuava a farla cadere, e il fluido scivoloso del suo corpo faceva da risacca. La vista le si offuscò. La sensazione di lentezza e confusione di quel momento le era fin troppo familiare. Era come un insetto catturato nell'ambra.

"Tutto è un illusione, tutte le illusioni cominciano nel sé, tutto ritorna al nulla."

"Tutto ritorna al nulla."

"Nulla."

Una grande mano la estrasse dall'acqua, trascinandola fuori dalla Jacuzzi fino al pavimento, la girò sullo stomaco e spinse sulla sua schiena finché non cominciò a tossire forte e a sputare acqua mista a sangue schiumoso.

Non aveva visto bene la persona, ma la sagoma vaga di un viso si fece strada nella sua coscienza e prese forma lentamente.

Era l'uomo la cui luce rimaneva sempre verde.

Era lui. I suoi occhi erano pieni di preoccupazione, non desiderio. Il suo universo si contorse di nuovo nella forma di una bottiglia di Klein.

"Mi hai salvato." Miss G non si era mai aspettata di pronunciare una frase così teatrale.

"No, tu hai salvato me."

Prese la mano di Miss G e la guidò fino in mezzo alle sue gambe. Sentì qualcosa di duro, ma non era un pene, era una specie di contenitore protettivo. Arrivò a capire qualcosa, un nuovo desiderio di credere davvero in qualcosa.

"Non puoi immaginare che cosa ho passato," disse dolcemente. "Se non fosse per te, non avrei continuato a vivere."

Guardandolo Miss G vide una parte completamente nuova di sè stessa aprirsi come se trafitta da un fulmine.

"Nessuno ti capisce meglio di me," disse.

Miss G e Mr. F stettero l'uno di fianco all'altra, senza toccarsi, le facce rivolte all'oceano. Una brezza marina li accarezzò. Non parlarono, non si mossero, ma stettero lì a occhi chiusi. Le onde vennero sulla sabbia e si ritirarono, lasciando segni, non lasciando nulla.

Lasciarono andare il tempo, lasciarono andare lo spazio, lasciarono andare il lasciar andare. Stettero così a lungo, il momento divenuto come una pausa nella musica delle sfere.

Poi ci arrivarono, lentamente, energicamente, in un torrente, allo stesso tempo, ci arrivarono.

Chiamatemi Stanley. Vengo dal vostro futuro. Comincerò con ciò che conoscete già, e seguendo il flusso del tempo esplorerò le malattie mentali e fisiche che affliggono l'umanità di domani, fino alla fine dei tempi.

Sindrome da iPad

Tutto è cominciato con l'iPad 3, con il suo display Retina la cui tecnologia di rendering dei subpixel aveva raggiunto una risoluzione in eccesso di 330 PPI, superiore alla stampa tradizionale. La qualità del display dei libri elettronici poteva finalmente gareggiare contro la carta.

Gli esperti lo avevano acclamato come una nuova rivoluzione di Gutenberg e predetto la morte dell'industria della stampa tradizionale. L'umanità stava per accedere a una nuova era della lettura.

Come al solito, gli esperti erano ciechi come pipistrelli a testa in giù in una caverna buia. Per prima cosa la Apple spinse per una rivoluzione nel mondo dell'istruzione.

Diedero un iPad a ogni bambino, e investirono grandi risorse per rendere i libri di testo elettronici, multimediali e integrati con i social media. I bambini delle scuole, soprattutto quelli nell'Asia orientale, dissero addio agli zaini pesanti. Le loro spine dorsali si drizzarono, le spalle e i muscoli del collo si rilassarono, la deformazione causata dall'affaticamento nelle retine dei loro occhi rallentò visto che i sensori di luce regolavano automaticamente la luminosità dello schermo, ampliavano l'angolo visivo e creavano immagini più dettagliate.

Il futuro sembrava decisamente promettente finché i genitori diedero i tablet magici anche ai bambini più piccoli. L'utente più giovane mai registrato aveva quattro mesi e tredici giorni. Il modello di interazione a manipolazione diretta dell'Ipad permetteva anche ai bebè di immergersi in avventure a portata di dito e di concentrarsi senza ostacoli.

Molte persone caricarono su YouTube video di bebè alle prese con iPad e il loro apprezzamento puro e visibile di quella magia raccolse milioni di clic e like.

Il pubblico divertito non si rendeva conto del pericolo che quelle scenette felici nascondevano. Il primo caso venne dalla Corea del Sud. Park Sung-hwan, di sei anni, fu diagnosticato autistico, anche se la risonanza magnetica e la PET non avevano identificato nessuna variazione neurale insolita. I suoi sintomi includevano la mancata dimostrazione di emozioni, difficoltà di linguaggio e mancanza di coordinazione muscolare. Non rispondeva agli stati emotivi dei genitori in una maniera appropriata all'età e mostrava un disinteresse verso il mondo. In effetti l'unica cosa che gli interessava era l'iPad. Ma tutto ciò che faceva era aprire e chiudere app di continuo, incapace di navigare in rete, giocare a un gioco o interagire con la funzionalità delle varie app in generale.

Sembrava che il mondo, per lui, consistesse solo delle vibrazioni generate dal ritorno di forza quando le sue dita scorrevano sullo schermo.

Uno psicologo clinico attento osservò Park e lo confrontò con altri casi simili prima di annunciare il concetto scioccante di "sindrome da iPad." La scoperta colpì il mondo intero, e presto decine di migliaia di persone vennero diagnosticate con quella sindrome.

Il mondo accademico riteneva che questo tipo speciale di disfunzione percettiva avvenisse perché i bambini, prima

dello sviluppo totale delle loro connessioni neurali sensoriali, erano stati esposti all'intenso feedback visivo e tattile
dell'iPad.

Movimenti della mano senza una direzione precisa
portavano a una sovrabbondanza di informazioni sensoriali visive e tattiche che devono essere integrate ade-
guatamente e coordinate con il resto del corpo per formare una base solida nello sviluppo dell'immagine di
sè che ha il corpo. Era proprio questo il punto chiave
mancante in coloro che soffrivano di sindrome da iPad.
Per loro il mondo normale era tenue, sfocato, a bassa risoluzione, non rispondeva allo scorrere delle dita ed era completamente privo di interesse. Abituati subito e a lungo all'iPad,
gli apparati vestibolari avevano sviluppato un filtro di segnali sensoriali speciale che permetteva solo ai segnali intensi
dell'iPad di entrare nella corteccia e stimolare i neuroni. Altre fonti di segnali, invece, venivano semplicemente chiuse
fuori.

I genitori dei bambini affetti da sindrome da iPad
formarono un'organizzazione che richiedeva decine di
miliardi alla Apple come compensazione visto che la
Apple non aveva indicato con un'etichetta ben visibile
gli effetti collaterali gravi dell'iPad sui bambini piccoli.
Il caso arrivò pian piano in tribunale finché le due parti
non raggiunsero un accordo. Oltre a versare una quantità
segreta di denaro ai querelanti, la Apple acconsentì a investire risorse significative nella ricerca per la riabilitazione
da questo disturbo.

Crescendo, i bambini malati svilupparono grazie alla terapia una modalità di vita unica. Gli iPad divennero estensioni
dei loro corpi. Tramite i tablet parlavano, esprimevano emozioni e scambiavano opinioni. Oltre allo scritto e al parlato,

trasmettevano informazioni tramite le vibrazioni come se fossero squali negli abissi o vermi sotto terra, tenendo le dita o i palmi contro gli iPad dell'altra persona, provando sensazioni incomprensibili per gli estranei.

Erano come alieni nascosti nella società umana e, a parte per gli scambi necessari economicamente, rifiutavano di interagire con gli umani normali, membri di un'altra specie. Si riunivano in strutture di tipo familiare. Seguendo regole e rituali sconosciuti ai più, si trovarono, si accoppiarono, ebbero figli. Dopo non essere riusciti a ottenere ciò che volevano offrendo ricche ricompense, alcuni giornalisti cercarono di filmare di nascosto le vite delle famiglie degli affetti da sindrome da iPad. Il risultato? I giornalisti in questione sparirono. Non temete, il peggio doveva ancora venire. C'era una possibilità su otto che anche i loro figli ereditassero questo amore più che patologico per l'iPad.

Estetica dell'Imitazione della Malattia

Quando gli standard di bellezza lentamente si allontanarono dallo sguardo maschile eterosessuale, la chirurgia plastica raggiunse un picco di creatività a metà del ventunesimo secolo. Ma la modifica delle caratteristiche esterne del corpo non era più sufficiente per soddisfare i gusti in continuo cambiamento di una popolazione eterogenea. Una nuova moda - anzi, a dire il vero antica - tornò sulla ribalta in maniera spettacolare.

Era possibile rintracciare le origini di questa moda fino ai tempi dei Tre Regni e della dinastia Jin (220-420 d.C). He Yan, il fondatore della scuola taoista Xuanxue, sviluppò un nuovo preparato medicinale chiamato "Polvere dei Cinque Minerali", che era basato sulla famosa cura per la febbre tifoide del dottor Zhang Zhongjing della dinastia Han Orientale, ricavata da una miscela di stalattite, zolfo, quarzo, fluorite e argilla rossa.

Lo stesso He Yan aveva detto di questa sua invenzione: "Non solo cura dalla malattia, ma apre e ravviva la mente." Consumare la Polvere dei Cinque Minerali per i suoi effetti psicoattivi diventò di moda tra i funzionari-letterati.

Dopo aver ingerito la polvere si diventava agitati, ansiosi, arrossati, e bisognava camminare in abiti larghi per raffreddarsi mentre la mente vagava su un piano diverso. Un uso frequente portava a irritabilità, temperamenti collerici e una tendenza a cadere in trance, un po' come quell'uomo della leggenda che reagì a una mosca fastidiosa inseguendo l'insetto con una spada sguainata.

La moda della Polvere dei Cinque Minerali durò quasi sei secoli in Cina, fino alla dinastia Tang. "Polvere Sproloquiante" divenne una designazione poetica per coloro che appartenevano a una classe sociale alta - come i segnali sociali collegati alla marijuana - o all'uso del LSD tempo dopo.

Allo stesso modo, pur di soddisfare degli standard di bellezza morbosi, nel Medioevo i nobili europei prendevano la tubercolosi o ingerivano arsenico per dare alle loro pelli quel pallore unico.

Elevare gli effetti della malattia a segni di bellezza non di certo era limitato a un solo posto o a una sola epoca.

E ora potevamo fare ricorso all'alta tecnologia per aiutarci.

Quando attivi, degli agenti in grado di tendere i legamenti riducevano la possibilità di movimento delle articolazioni; combinati con tracce di tetradotossina iniettata nei muscoli facciali si otteneva un risultato che ricordava le pose rigide e le espressioni associate agli standard di bellezza tipici dell'Asia orientale.

Nel distretto di Roppongi a Tokyo si vedevano spesso alte donne caucasiche dai capelli tinti di nero scurissimo che camminavano lentamente, i loro sorrisi rigidi che nascondevano con cura i denti. Erano in effetti le assistenti esecutive delle multinazionali, che avevano deciso di sottoporsi a trattamenti cosmetici periodici per indurre una paralisi parziale della faccia e una camminata rigida per soddisfare le necessità dell'"integrazione culturale", il fascino morboso delle élite sociale e anche le necessità feticiste dei loro capi asiatici.

E poi c'erano i Batticiglia, il cui nome derivava da coloro che avevano un tic neurologico che li costringeva a sbattere le palpebre irregolarmente quando i loro muscoli orbicolari e i muscoli elevatori della palpebra superiore si contraevano.

Le persone che soffrivano di fobia sociale si impiantarono sotto gli occhi dei microchip che potessero controllare i movimenti dei muscoli stimolando i nervi.

Formarono un sistema complesso e intricato di lettura - decifrazione - feedback, capaci di comunicare sbattendo le palpebre e basta, senza bisogno di parole o espressioni facciali. Alle riunioni dei Batticiglia poteva capitare di vedere un gruppo di persone silenziose e inespressive che si guardano negli occhi a vicenda, come due fari che comunicano in codice morse ad alta frequenza. E in effetti alcuni potevano comunicare con una persona diversa per ogni occhio allo stesso momento.

L'estetica non è mai stata separata dalla politica. Sullo sfondo frammentato di un mondo multipolare, l'umanità non riusciva a raggiungere un consenso per quanto riguardasse la definizione di "bellezza". Nelle crepe e con fatica, coloro che imitavano la malattia prosperarono.

Alla grande parata per celebrare l'anniversario dei cento anni dalla fine della Guerra del Vietnam a Saigon, la "Falange Agente Arancio" riunita in Piazza Ho Chi Minh mise su uno spettacolo basato sull'estetica della malattia che attirò l'attenzione dei media da tutto il mondo.

Durante la Guerra del Vietnam gli americani inviarono aerei a bassa quota per spruzzare settantasei milioni di litri di defoliante contenente diossina su più del 10% delle foreste, fiumi e terreno del Vietnam del Sud cercando di eliminare i rifugi dei Viet Cong. L'Agente Arancio - così chiamato per via del colore dei fusti di stoccaggio in cui quel liquido velenoso veniva spedito - conteneva acido-2,4-diclorofenossiacetico, estremamente tossico, e acido-2,4,5-triclorofenossiacetico, ed era molto stabile chimicamente. Una volta sparso nell'ambiente ci volevano più di nove anni per il 50% dei componenti per frammentarsi in natura, e persistevano per più di quattordici anni nel corpo umano. I componenti chimici potevano anche fare il giro della catena alimentare senza venire distrutti.

Coloro che marciarono nella falange vennero da tutto il mondo, ed erano ben preparati. Per primi venivano un gruppo di bambini deformi. Alcuni erano rannicchiati in sedie a rotelle elettriche, i loro arti che si dimenavano senza senso come se fossero fatti di gomma, e in effetti alcuni di loro non avevano proprio gli arti; alcuni mostravano pelle lucida dove si sarebbero dovuti trovare gli occhi; alcuni avevano le teste gonfie con rigonfiamenti che sembravano i lobi di un cuore, alcuni avevano le gambe attaccate assieme, come delle sirene. Non erano davvero persone, ma animali modificati geneticamente che indossavano pelle umana sintetica. Degli altoparlanti posti sui loro corpi trasmettevano a ripetizione slogan politici preregistrati, cantati da voci inquietanti. Dietro di loro passava il "distaccamento in decomposizione". Linfoma di Hodgkin, cloracne, guerrieri scarlatti a cui sembrava la pelle fosse stata strappata via... mentre camminavano i sarcomi e i rigonfiamenti che coprivano i loro corpi tremavano e fluidi di vari colori venivano emessi da sacche e foruncoli aperti, fino a dipingere simboli della pace sul terreno. Si abbracciavano, baciavano, sputavano e spargevano e spruzzavano fluidi corporei alle telecamere, gridando con voci biascicanti. Dietro a una cosa del genere doveva esserci stata una quantità di tempo e risorse inimmaginabile.

Poi venivano gli "striscianti", che marciavano molto lentamente perché avevano perso l'uso delle braccia o delle gambe. Molti di loro erano davvero disabili, ma avevano incrementato la loro deformità in molti modi, ad esempio indossando protesi collegate ai corpi con lembi di pelle sintetica, o esagerando gli angoli innaturali in cui i loro arti erano piegati. Sembravano creature inquietanti con corpi segmentati e arti da film horror, e più esponevano i loro corpi e più ottenevano l'attenzione delle telecamere.

Il momento cruciale della loro performance fu una ricreazione di V-J Day in Times Square, dove però Piazza Ho Chi Minh sostituiva Times Square e un bambino deforme e un paziente coperto da tumori si baciarono invece dell'infermiera e del marinaio. Le lampade al magnesio si accesero, i satelliti trasmisero la scena, e in miliardi osservarono il succoso Bacio dell'Agente Arancio.

Chi poteva dire che non era bello?

Frammentazione controllata della personalità

Se potessi scegliere di diventare una persona diversa, lo faresti?

No, non fraintenderlo per una di quelle lezioni di auto aiuto in forma di brodo di pollo per l'anima. Intendo letteralmente un sé differente.

Jung, il discepolo che si era ribellato a Freud, una volta disse "Credo semplicemente che una parte del Sè o dell'Anima umana non sia soggetta alle leggi di spazio e tempo." La citazione può sembrare un tentativo di aggiungere note al suo concetto di archetipi, ma in realtà era il risultato del suo essere stato colpito dalle idee dell'I Ching, introdotte da Richard Wilhelm, sinologo tedesco. Assieme, Wilhelm e Jung erano responsabili per Il Segreto del Fiore Dorato: Un Libro della Vita Cinese, che è stato descritto come una guida pratica per usare l'antica filosofia taoista per integrare la personalità. Il libro, pubblicato nel 1962, finì per prevedere il nostro stile di vita frammentato. I sociologi parlano del "set di ruoli" come di una strategia competitiva che gli umani hanno sviluppato nel corso dell'evoluzione. Un set di ruoli si riferisce all'insieme di ruoli e comportamenti associati allo status sociale di una persona, e si conformano alle interazioni sociali in condizioni ambientali specifiche.

Comunque, il set di ruoli riguarda i passaggi di ruoli controllati perché si limita all'ego freudiano e non influenza l'Id inconscio.

La tecnologia ha accelerato l'evoluzione.

Agli albori molti utenti di internet sembravano provare una forma lieve di disturbo dissociativo dell'identità che consentiva loro di cambiare personalità facilmente in ogni finestra. Un secondo e un Alt-Tab erano tutto ciò che serviva per passare da una donna in carriera stacanovista e single a una civettuola seducente affamata di sesso. Quando il tempo passato in rete divenne frammentato, pervasivo e non lineare molte personalità extra vennero create senza essere gestite nella maniera appropriata. Come frammenti di un sistema operativo, queste personalità si accumularono nel subconscio, dove silenziosamente erosero le fondamenta di tutte le personalità e spuntarono di tanto in tanto nella forma di strazianti notizie di furia omicida di malati mentali.

All'inizio del ventiduesimo secolo l'interfaccia cervello-computer divenne un prodotto commerciale vendibile. Gli sviluppatori crearono molte app per collegare cervello e rete, che consentivano agli utenti di operare sui datalink.

Con l'aumento della programmazione parallela, un sistema operativo chiamato "Sliding Windows" venne sviluppato: diede agli utenti la capacità di passare da un processo cognitivo all'altro con facilità.

Prevedibilmente, l'organizzazione terroristica integralista dell'Estremo Oriente SHAJI lanciò un trojan chiamato "window-breaker" creato specificatamente per Sliding Windows. Il malware si diffuse tramite i social network e si piazzò nella parte più interiore dell'installazione di Sliding Windows dell'utente, dove procedette a generare caos totale nel meccanismo di passaggio da un processo all'altro.

Quando l'utente infetta flirtava con il suo compagno, la personalità adatta a comunicare con il capo emergeva, quando riceveva un rimprovero dal capo si attivava la personalità per coccolare un animale, e quando l'animale domestico si sfregava contro la sua gamba per giocare, l'utente gemeva dal desiderio sessuale.

Più di tre miliardi di persone soffrivano di disturbo del passaggio alle personalità multiple (MPSD), la grande malattia dell'epoca cyberpunk.

Per fermare la diffusione del malware, i social network vennero divisi in zone da quarantena. Si verificò una versione moderna delle caccie alle streghe medievali nella rete, quando gli agenti delle reti IA, mascherati da programmi random, interagivano con gli utenti sui social network per capire se fossero stati infettati dal virus.

E se la risposta era sì, l'utente era disconnesso a forza dalla rete e messo in riabilitazione nella vita reale. Dopo aver completato il trattamento, i pazienti venivano valutati nella loro abilità di controllare le personalità multiple, il che determinava se fosse loro consentito il ritorno a quel bel mondo nuovo digitale.

Nel giro di una notte la valutazione finanziaria dell'intera industria dei computer cerebrali tornò indietro di vent'anni.

Sorprendentemente, la Cina continentale sopravvisse a questa tempesta della rete venendone a malapena toccata. Sulla mappa che segnalava il progresso del malware su tutto il globo, la Cina rimaneva l'unica isola verde sana, un fatto che aveva suscitato interesse in tutto il mondo. Dopo un'analisi intensa, gli esperti erano giunti alla conclusione che la Cina era stata risparmiata per tre ragioni: uno, l'industria di internet in Cina era sottoposta a regole rigidissime, due, l'ultima versione del Great Firewall.

Il contributo del Great Firewall era una sorpresa, ma dopo aver confrontato le risonanze magnetiche funzionali e le elettroencelografie intracraniali di utenti cinesi e di un gruppo di controllo, i ricercatori scoprirono che il subconscio degli utenti cinesi era frammentato alle fondamenta e poteva passare da un ego all'altro senza problemi. Soprattutto, ogni personalità frammentaria era assolutamente e sinceramente convinta di essere il vero sè. La scoperta scioccò il mondo intero. La gente riesumò il libro ormai dimenticato di Wilhelm, sperando di trovarci ispirazione. Scoprirono il segreto della gestione delle personalità dal misterioso antico Oriente e, integrando le nuove tecniche di programmazione di linguaggio neurale (NLP) speravano di salvare un mondo sull'orlo del collasso.

Varie scuole di filosofia mistica orientale presero piede, includendo tecniche tradizionali di buddismo tantrico per integrare mudra e posizioni per indicare l'ancoraggio di personalità, metodi derivati dall'I Ching per usare software militare per stimolare la corteccia per integrare pattern neurali yin-yang, e così via.

Ma la scuola più influente era senza dubbio lo sforzo ufficiale del governo cinese nel mandare squadre di membri del governo in pensione per aprire "istituti Lao Tzu".

Gli Istituti Lao Tzu insegnavano ai malati di MPSD la strada per tornare al percorso taoista usando tecniche come esercizi tradizionali mistici e meditazione in stile buddismo Chan per aiutare la persona in questione a raggiungere l'illuminazione sulla natura della vita, finché l'universo spirituale non era stato risistemato nell'equilibrio yin-yang del bambino innocente primevo.

Non vi dirò i risultati di questi sforzi - il Percorso conosciuto non è il Vero Percorso, come direbbe Lao Tzu. Ma vi basti sapere che la nazione cinese, per la prima volta dai tempi in cui Marco Polo scrisse il Milione, esportò di nuovo i suoi valori meravigliosi nel mondo.

Elegie Gemelle

Iniziò con la scoperta di una pianta perenne legnosa nella foresta amazzonica, chiamata Duoliquotica. Le leggende indigene dicevano che la pianta fosse fatta di sangue e essenza di un dio antico, che si manifestava come una singola testa in cima a due corpi. Ciò era riflesso nella biologia della pianta, che era dioica. La pianta maschile e quella femminile crescevano vicine, e si avvolgevano l'una sull'altra col raggiungere della maturità.

Dopo la fertilizzazione, in cima alle coppie di piante crescevano grandi frutti, simili a una testa troppo grande in cima a due corpi magrolini.

Gli scienziati avevano estratto dalla pianta un composto finora sconosciuto con proprietà misteriose, anch'esso chiamato "duoliquotica". Dopo essere stata accidentalmente esposta al composto durante un esperimento, un soggetto gravido, Julia Kristeva, divenne madre di due gemelli identici. Così iniziò a svelarsi il mistero del composto. Negli esperimenti successivi, altre ventitré coppie di gemelli identici vennero alla luce.

In seguito, i ricercatori si riferirono a loro come "Duo 24", ma i media preferivano il soprannome da film horror di serie B "I 24 Gemelli voluti da Dio".

La prima coppia di gemelli, Adamo e Eva, divennero famosi in tutto il mondo ancora prima di imparare a parlare. Le risate e i pianti dei bimbi erano completamente sincronizzati. Non importava quanto fossero distanti l'uno dall'altra, le loro espressioni rispecchiavano quella dell'altro gemello entro 0,3 secondi. Con l'incremento del loro vocabolario, il loro strano talento si sviluppò dando forma a uno spettacolo davvero inquietante.

Sembrava parlassero sempre simultaneamente, e si fermavano e ricominciavano a parlare in perfetto accordo. All'inizio un osservatore poteva pensare che stessero solo esprimendo i loro pensieri, ma registrando i loro discorsi si capiva che era un dialogo altamente efficiente. Non c'era nessun ritardo causato dalla necessità di comprendere l'altro, le due frasi, pronunciate allo stesso momento, costituivano affermazione e risposta.

Gli elettroencefalogrammi mostrarono che potevano capirsi senza parlare. Il discorso simultaneo non era che un trucchetto da mettere in mostra.

Gli scienziati erano emozionati da questo primo esempio verificabile di telepatia nella storia. Presto anche gli altri gemelli mostrarono vari gradi di connessione psichica. Sorprendentemente le connessioni non sembravano dipendere da nessun segnale rintracciabile: onde elettromagnetiche, segnali biochimici, vibrazioni attraverso l'aria... anche se ogni membro di una coppia veniva chiuso in una camera completamente isolata, poteva comunque percepire le emozioni e i pensieri dell'altro.

Non importava quanto le particelle fossero distanziate, appena uno dei membri di una coppia cambiava stato, l'altro cambiava allo stesso modo.

All'epoca la comprensione umana della teoria di base non era avanzata al punto da poter considerare questo fenomeno come innato in natura. Perciò, quando l'attenzione inizialmente morbosa dei media scemò, il progetto di ricerca, incapace di fare alcun progresso, divenne segreto. Tutti i soggetti vennero arruolati nel servizio militare per fare da dispositivi di comunicazione a distanza, più sensibili e sicuri di qualunque attrezzatura crittografica.

L'esercito americano si basava sui gemelli per raccogliere molte informazioni: che fosse in Russia, Medio Oriente, Asia Orientale, Unione Europea, gli americani prima sfruttavano la corruzione per aprire porte chiave, e poi si basavano sui gemelli per trasmettere informazioni senza preoccuparsi di essere scoperti.

Questo metodo funzionò bene finché una storia d'amore inaspettata fece emergere il segreto. Il nono paio di gemelli, David e Peter, si innamorò della stessa donna giapponese: ad essere precisi fu Peter che, grazie al collegamento a distanza con David, si innamorò di Minako Noda, un ufficiale delle Forze di Autodifesa. Purtroppo Peter poteva provare questo amore solo attraverso il fratello. Chiese a David di poter prendere il suo posto più volte, ma David rifiutò.

Guidato dalla gelosia, Peter meditò vendetta come si confaceva a un membro dei Duo 24.

Giorno e notte Peter trasmise illusioni paranoiche a David, senza mai fermarsi, nemmeno quando dormivano. David non era in grado di resistere a quella ondata e crollò fino al delirio, e a quel punto Peter lo spinse a uccidere la sua amante e a autodenunciarsi confessando il suo ruolo nelle trame americane.

Dopo essersi ripreso, David si uccise. Nel momento in cui smise di respirare, un sorridente Peter, a tremila chilometri di distanza, cadde da una sedia in un parco e giacque immobile nelle foglie cadute, come se si fosse aspettato quella fine.

La tragedia mandò ondate di shock attraverso i membri rimasti di Duo 24. Per tutte le loro vite avevano vissuto come specchi dell'anima dell'altro, ma non avevano mai affrontato il fatto che ognuno di loro era un individuo con i suoi desideri, paure e morte. Alcuni, disperati, videro il loro dono come una maledizione divina, un difetto genetico travestito da beneficio. I gemelli erano pupazzi tragici attorcigliati in una vita, incapaci di dissolvere il legame invisibile e destinati a morire in ogni momento per accompagnare l'altro.

Cinque paia di gemelli scelsero di suicidarsi. I loro corpi vennero seppelliti in bare doppie, poste in profondità in tombe di cemento.

L'esercito offrì agli altri gemelli una possibilità: potevano scegliere di entrare in un sonno criogenico a lungo termine e cercare una soluzione al loro problema nel lontano futuro. Sei paia scelsero di continuare a vivere in questo mondo e aiutarsi a vicenda, altri sei scelsero il sonno criogenico, fidandosi del futuro, e altri sei si trovarono impantanati in un conflitto: un membro della coppia voleva essere congelato per sfuggire al suo fato sconosciuto, ma l'altro membro non voleva lasciar andare la vita che aveva. Se solo uno dei gemelli veniva congelato, era probabile che sarebbe morto ibernato alla morte dell'altro.

Alla fine le coppie in disaccordo raggiunsero un compromesso: si sarebbero scambiati posto ogni dieci anni. Ogni volta che entravano nel sonno criogenico mettevano la loro vita nelle mani del gemello identico, fidandosi che avrebbero trattato il loro gemello con benevolenza. Era come le parole del Vangelo secondo Giovanni: "Vi do un nuovo comandamento, che vi amiate gli uni e gli altri."

La Luna Nuova

Gli scienziati sostengono che 4,4 miliardi di anni fa un corpo celeste delle dimensioni di Marte si scontrò con la terra, e i frammenti rimasti andarono a formare la Luna. Sessantacinque milioni di anni fa un grande asteroide cadde sulla Terra provocando l'estinzione dei dinosauri. Dodicimila e novecento anni fa, i brandelli di una cometa che si stava frammentando caddero sulla tundra congelata del Nord America, causando la morte dei mammut e altra megafauna mammifera e generando il collasso dell'antica civiltà di Clovis.

In seguito un clima estremamente freddo avvolse la Terra per un migliaio di anni. Gli archeologi hanno detto che la fine del mondo catastrofica che gli antichi Maya sostenevano sarebbe avvenuta nel 2012 sarebbe stata causata dal Pianeta X, il leggendario Nibiru - che significa "traghetto" in lingua sumera - che avrebbe attraversato l'orbita terrestre ogni 3630 anni nel corso della sua lunga orbita ellittica intorno al sole.

La sua forte gravità avrebbe portato a spostamenti di placche tettoniche, deviazioni nei poli magnetici della Terra, terremoti e tsunami, cambiamenti climatici ed eruzioni vulcaniche. L'umanità sarebbe quindi stata traghettata verso una nuova era. Il Piccolo Principe Astrologo di Hong Kong ci aveva detto, nella sua voce soave, che il retrogrado di Venere era concluso. La cosa cruciale da capire sul retrogrado di Venere era che sarebbe stato fermo per sempre.

Ti dava la possibilità di pensare alle relazioni che non avevano più significato, e a non mantenerle più per abitudine.

Certo, l'umanità non entrò in una nuova era nel 2012 - almeno non nella mia linea temporale. Però la razza umana subì un evento trasformativo nel ventitreesimo secolo. Un grande asteroide soprannominato "il Viaggiatore" (circa delle dimensioni di Shangai), dopo un lungo viaggio nel vuoto dello spazio venne catturato dal pozzo gravitazionale del sistema Terra - Luna, e si stabilì in uno dei punti di Lagrange.

Da quel giorno la Terra ebbe una nuova luna, che venne chiamata la Nuova Luna.Gli umani, in quanto specie prona al romanticismo, iniziarono a notare piccoli cambiamenti in loro stessi una volta che si abituarono ai nuovi cicli delle maree e ai nuovi spettacoli celesti. I cicli mestruali divennero caotici, e i cambiamenti di umore si fecero più estremi. Decine di migliaia di feti smisero di svilupparsi a causa di squilibri ormonali indotti dalla Nuova Luna - un fenomeno descritto come "gli effetti del lato oscuro della nuova luna."

Una forza invisibile cominciò a influenzare lo sviluppo della razza umana.

Alcune persone svilupparono strane reazioni allergiche di notte quando la Nuova Luna era piena. Strani pattern apparivano sulla pelle, le fibre muscolari si tendevano, le pupille si dilatavano e le loro menti diventavano confuse e estremamente aggressive. Si strappavano i vestiti e correvano a quattro zampe nudi attraverso la città o la natura selvaggia, come se tornassero all'adorazione primitiva degli animali totemici.

Un successivo esame di questi individui rilevò che rami dei loro cromosomi Y avevano mantenuto vestigia dei primi stadi dell'evoluzione umana.

Dopo aver filtrato per questi segni i profili DNA della popolazione, un simbolo segreto fu aggiunto ai file degli individui con questi geni.

Per via delle leggi anti-discriminazione le loro identità erano tenute segrete, erano però obbligati ad assumere un medicinale inibitore e a indossare delle lenti a contatto filtranti speciali per indebolire gli effetti della Nuova Luna. Alcuni ragazzi di città lo vedevano come una nuova moda, e tenevano feste di trasformazione nelle notti di nuova luna, in cui si trasformavano in beste con l'aiuto di droghe e macchinari e si dedicavano a orge di massa.

Anche i cicli di crescita delle colture e degli animali allevati cambiarono, e gli astronomi dovettero lavorare duro per decidere nuovi mesi, semestri solari e calendari. Divenne così complicato che era impossibile per chiunque capire o giungere a conclusioni con semplici osservazioni astronomiche: contadini e macchinari da agricoltura dovevano affidarsi a software in perenne aggiornamento per fare bene il proprio mestiere.

Il fenomeno più scioccante coinvolgeva coloro che erano stati concepiti durante la nuova luna piena, chiamati i "novilunari."

Gli scienziati non poterono mai spiegare il ruolo specifico giocato dalla luce della nuova luna nel momento in cui lo sperma fertilizzava l'ovulo o durante la divisione delle celle. Dalle analisi dello spettro, della gravità, del campo magnetico o di ogni altro possibile fattore non emerse nessun risultato soddisfacente. L'unica cosa che gli scienziati sapevano era che i feti negli uteri si stavano sviluppando in una popolazione diversa da qualunque altro essere umano.

Un'umanità terrorizzata giunse alla conclusione i feti normali il cui sviluppo era stato interrotto dalla nuova luna in precedenza erano forse stati vittime di una corsa evolutiva verso questa nuova razza.

Comunque più del 97,52 % dei genitori di tali feti decise di portare la gravidanza a conclusione, sia che ne sarebbe risultato un angelo o un demone.

I novilunari non erano molto diversi dagli umani normali nell'aspetto fisico, a parte per un cambiamento nell'indice di rifrazione dell'epidermide che diede alla loro pelle l'aspetto di plastica o di una membrana sottile. I loro metabolismi, però, erano da tre a cinque volte più lenti di quelli degli umani normali, il che dava loro anche una vita dalla durata eccezionale.

Quasi tutti soffrivano di una forma leggera di depressione, che preoccupò i genitori che temevano si sarebbero suicidati. Ma dopo una lunga osservazione e comprensione si capì che i sintomi simili alla depressione erano in realtà gli effetti di una barriera mentale che permetteva loro di filtrare il sovraccarico di informazioni del mondo esterno e ridurre il carico cognitivo e lo stress mentale. I novilunari dovevano concentrarsi su un problema molto più importante, un problema che avrebbe richiesto gli sforzi di migliaia di generazioni.

Il problema era: la luna nuova, che vedevano come il loro dio creatore, si sarebbe consumata inesorabilmente col passare del tempo.

Con il decadere della stabilità del sistema gravitazionale, la Nuova Luna si sarebbe allontanata dal punto di Lagrange e, attirata dalla gravità, sarebbe caduta sulla superficie terrestre, distruggendo tutto lentamente e poeticamente. Volevano salvare la nuova luna.

Neotenia

All'inizio del ventunesimo secolo la gente lo considerava una malattia mentale, e gli specialisti lo chiamavano "sindrome di Peter Pan." Anche se questi individui avevano trenta o quarant'anni, si rifiutavano di crescere, parlando e comportandosi invece in maniera immatura come se stessero vivendo la fantasia dell'Isola che Non C'è.

Erano terrorizzati dalla realtà, si tenevano lontani dalla competizione, evitavano responsabilità e doveri, fuggivano dalle relazioni fisse cambiando partner di continuo e cercavano rifugio nelle gioie illusorie fornite da alcol e droghe.

Questi sintomi venivano attribuiti a famiglie iperprotettive, e alcuni di loro odiavano i genitori per quanto li avevano viziati nell'infanzia.

Non differentemente dalla ricerca della bellezza e della gioventù eterna, era una cosa antichissima e non era altro che un altro gradino della scala verso il livello successivo. Nel bel mezzo del ventiduesimo secolo, iniziò a diffondersi un disturbo dello sviluppo che rallentava la crescita.

Gli orologi biologici dei pazienti sembravano andare molto più lenti del normale, e le caratteristiche sessuali secondarie non si sviluppavano prima dei trent'anni.

Menopausa e andropausa erano rimandate di conseguenza. Gli scienziati tirarono fuori la spiegazione che, visto che la vita umana era stata allungata con vari mezzi tecnici fino a superare i 150 anni, non era sorprendente che anche la gioventù durasse di più.

Varie opere letterarie e multimediali celebrarono la lunga gioventù, e i pazienti che soffrivano di questo disturbo dello sviluppo divennero modelli per la futura direzione dell'evoluzione umana.

Molti sociologi e antropologi offrivano ipotesi secondo cui questo disturbo aveva il potenziale di dare nuova forma dalla cultura e ridefinire cosa fosse "normale", e i "normali" del passato sarebbero stati abbandonati dal progresso darwiniano.

Ma videro solo una parte del problema.

Confrontati con altri animali, gli umani rimangono giovani per un tempo molto più lungo. Tra i primati la fase di gioventù dura 2,5 anni per i lemuri, 7,5 anni per i macachi mulatti, 7,5 anni per i gorilla e 20 anni per gli umani.

La maturità sessuale negli umani arriva cinque anni dopo quella degli scimpanzé, e lo stesso vale per la sostituzione dei denti da latte. Perché abbiamo bisogno di un'infanzia così sproporzionatamente lunga?

Già a metà del ventesimo secolo gli scienziati avevano scoperto somiglianze fisiologiche tra bambini umani e piccoli di scimpanzé, come piccole mascelle, visi piatti e scarsità di peluria.

Umani e scimpanzé condividono il 99,4&% dei geni, ma più del 40% dei geni la cui espressione cambiò con il tempo si attivò molto più tardi negli umani che negli scimpanzé, in particolare quei geni responsabili per la crescita della materia grigia del cervello responsabile del pensiero superiore.

La maggior parte delle autorità sullo sviluppo infantile informarono i genitori che prima della maturazione completa del cervello le sinapsi, ancora nel loro stadio di sviluppo, erano molto ricettive alle nuove informazioni e avevano un grande potenziale per le capacità future.

L'homo sapiens, con la sua lunga infanzia, superò tutti nella gara evolutiva dei primati e raggiunse il primo posto. Conserviamo le nostre caratteristiche di gioventù come la scarsità di peluria corporea e una testa sproporzionatamente grande anche in età adulta. E allo stesso tempo ci teniamo strette delle caratteristiche cognitive infantili come la curiosità e il desiderio di imparare per tutta la vita.

Alcuni hanno persino la mutazione genetica che gli consente di generare per tutta la vita adulta la lattasi, enzima necessario per la digestione del latte, un'abilità che di solito viene meno quando i bambini vengono svezzati: addirittura chiamano gli altri umani senza questa mutazione "intolleranti al lattosio", come se fossero loro quelli malati.

La neotenia è stata cruciale per la nostra specie, era giunto il momento di una seconda ondata? Il mondo scientifico voleva sfruttare quest'opportunità per spingere avanti l'evoluzione umana, ma c'era un problema legale. I pazienti che soffrivano di questo disturbo erano legalmente adulti, ma la loro fisiologia e psicologia rimaneva infantile. Era controverso stabilire se i pazienti avessero la capacità di acconsentire a diventare soggetti di esperimenti o se fosse necessario ottenere il permesso di tutori.

Quando questo problema raggiunse i tribunali, le folle esposero online le informazioni personali dei parenti dei pazienti, li criticavano e deridevano come "scimmie egoiste." Su internet la gente sosteneva che coloro che, temendo per la propria sicurezza, ignoravano la grandissima missione dell'avanzamento della razza umana non meritavano di essere definiti sapiens. Ovvio, storicamente opinioni così erano state espresse più e più volte, come onde nella corrente del tempo.

Alla fine la logica prevalse sull'emozione. Gli stati si assunsero la responsabilità come guardiani dei pazienti. Dopo aver firmato accordi di sperimentazione umana facendo le veci dei loro tutori, i governi comprarono assicurazioni costose e indicarono i parenti dei pazienti come beneficiari della compensazione. Tutti tacquero e gli esperimenti poterono finalmente avere inizio.

Come una versione aggiornata dei terapisti in Arancia Meccanica, gli scienziati punzecchiarono e stimolarono i pazienti in molti modi, iniettandoli con fiumi di informazioni. Non vedevano l'ora di mostrare l'intera conoscenza e storia umana ai soggetti degli esperimenti durante i loro lunghi ma comunque troppo brevi periodi di plasticità, sperando di stimolare la formazione di collegamenti sinaptici più complessi nel cervello umano che non si evolveva da tantissimo tempo, creando nuove frontiere della conoscenza e generando soluzioni per i problemi complicati che affliggevano l'umanità.

Nel loro subconscio i ricercatori si vedevano come un Dio, speravano di creare una nuova razza Umana nel sesto giorno.

Si ritrovarono con matti da legare, imbecilli, depressi, dipendenti dal sesso e vegetali. I ricercatori arroganti non sapevano nemmeno cosa avevano sbagliato. Non conoscevano il segreto degli switch genetici, non erano loro che avevano preparato la trappola. Un tempo gli umani avevano addomesticato i lupi trasformandoli in cani. Cercarono di produrre cani adulti che mantenevano caratteristiche della gioventù come orecchie flosce, musi corti, occhi grandi, giocosità, il desiderio di soddisfare le persone, e cercarono di eliminare la sete di sangue e la ferocia dei lupi maturi. Non lo fecero per un desiderio di aiutare i lupi a evolversi in Canis Sapiens, volevano semplicemente piegare i lupi all'estetica umana.

Era un fraintendimento dovuto alla sottile - per quanto malata - preferenza per il tutto ciò che è adorabile.

Dipendenza / Astinenza da rituale

Cammini a lungo fino all'edicola e chiedi la rivista, la paghi, te la metti nella borsa e, dopo un lungo viaggio usando vari mezzi di trasporto, torni in un luogo chiuso, accendi la luce, arancione o bianca, e strappi l'involucro di plastica non biodegradabile, ti versi una tazza di tè o apri una lattina di diet soda, accarezzi la superficie della carta e, a scelta o casualmente, apri la rivista a questa pagina. Inizi a leggere.

Quando hai finito, sei stanco o pensieroso, dici agli altri se leggere o no questa storia. Hai completato solo uno dei milioni di rituali della tua vita.

Gli umani sono animali rituali. Dal passato antico al presente, dalla culla alla tomba. I rituali si solidificano nei nostri pensieri, unificano gruppi e culture, allontanano il terrore della morte, ci aiutano a trovare i nostri posti, a dare un significato all'esistenza. Il potere in ogni cultura usa rituali per radunare moltitudini, per estrarre ricchezza, per formare partiti e fazioni, per consolidare il controllo.

I rituali danno etichette infinite alla gente, in aggiunta ai loro nomi, dicendo loro a cosa appartengono, ma alla fine non c'è nessuna etichetta per il sé.

Nella mia era, la tecnologia consente ai rituali di diventare una parte indivisibile della vita quotidiana. È parte di te e diventa parte della tua eredità genetica che verrà trasmessa ai tuoi figli e ai loro figli, moltiplicandosi e mutando, più forte del suo ospite.

Forse è così anche nella tua era?

Non puoi controllare l'impulso di aggiornare la pagina. L'esplosione delle informazioni mette ansia, ma può riempire il guscio dell'anima. Ogni quindici secondi muovi il mouse, apri il tuo profilo di un social network, leggi i commenti, ritwitti e reblogghi, chiudi la pagina, e lo rifai quindici secondi dopo. Non puoi fermarti.

Non puoi più parlare alla gente nella vita reale. L'aria non può più fare da mezzo per la trasmissione della voce.

Siedi in un cerchio, gli occhi incollati all'ultimo dispositivo mobile che hai in mano come se stessi adorando il talismano di qualche dio antico. I tuoi pensieri fluiscono in piattaforme virtuali al tocco delle tue dita. Litighi, ridi, flirti, scherzi. Ma la realtà intorno a te è un deserto silenzioso. Non puoi liberarti dal controllo degli ambienti artificiali. Il rituale è onnipresente. Non è più limitato a sacrifici, sermoni, messe, concerti o partite, il tutto messo in atto in un palco centrale dove le unità classiche persistono.

Anche il rituale si sta evolvendo, diventando un cloud computing distribuito, spalmato equamente in ogni pertugio e buco della tua vita quotidiana.

I sensori sanno tutto e regolano la temperatura, l'umidità, le correnti d'aria, e la luce intorno a te, regolano il tuo battito cardiaco, l'equilibrio ormonale, il desiderio sessuale e l'umore. L'intelligenza artificiale è un dio: credi che sia lì per il tuo benessere, per portarti nuove opportunità, ma sei diventato l'uovo nell'incubatrice, la marionetta attaccata ai fili. Ogni secondo di ogni minuto di ogni giorno, sei il sacrificio che completa questo rituale infinito e maestoso.

Sei il rituale.

I pensatori radicali sono ossessionati dall'idea di uscirne. Il potere del rituale viene dalla ripetizione, non dal suo contenuto. Giorno dopo giorno la ripetizione di posizioni e movimenti si deposita nelle profondità della coscienza, come la testina di lettura/scrittura di un disco rigido che traccia ripetutamente il percorso di un'idea finché non diventa indistinguibile dal libero arbitrio. È come quel film di fantascienza dell'inizio del ventunesimo secolo. L'amore romantico è il consumatore più fedele del rituale, assieme al patriottismo. I radicali cercano di imitare i luddisti del passato: distruggi le macchine, hackera il sistema, sveglia il popolo, esorta tutti ad abbandonare la tecnologia e a tornare alla natura selvaggia dove ognuno può affilare il proprio carattere sulla mola della natura selvaggia e sperare di ritornare a una semplicità primitiva e pura. Senza pietà i media fanno notare che ciò che stanno auspicando è simile alle abitudini rituali praticate dai buddisti zen del Giappone del settimo secolo. L'unica cosa che si può fare è non fare niente. Come marionette con i fili tagliati, i radicali crollano dovunque si trovano: camere, metropolitane, aeroporti, piazze pubbliche, uffici, spiagge, code, bar, strade, bagni... non fanno niente, non dicono niente, si mettono lì immobili e silenziosi ad aspettare che i loro corpi cedano, che le loro vite si esauriscano. In guerra contro il significato brandiscono il nulla, usano la mancanza di volontà per dissolvere la libertà, usano la perdita del sé per costruire il sé.

I sensori registrano lo scemare dei loro segni vitali, e le intelligenze artificiali attivano aiutanti robot per portare via i loro corpi immobili tramite la rete di trasporti. Come barchette che galleggiano sul fiume di persone normali, i corpi sono portati in stanze terapeutiche bianche e pulite, dove vengono collegati a vari cavi e sistemi di supporto vitale. Si trovano ora in un dilemma: un nuovo paradosso risale dal nulla.

Useranno il loro corpo per completare questa lotta immobile partecipando al primo suicidio di massa della storia umana messo in atto per imitare la morte naturale. Hanno completato uno dei rituali più grandi.

Cronosenso Caotico

Il tempo è un'illusione umana, disse uno scienziato ebreo nell'Europa del 1915. Da allora il liscio e immobile disco di acciaio che era il tempo si fuse come i morbidi orologi che pendono dai rami degli alberi dipinti da Dalì.

Gli scienziati cercarono di controllare il tempo in molti modi: velocità, gravità, entropia, entanglement quantistico... ma alla fine dovettero arrendersi. L'umanità le provò tutte per conquistare questo onnipresente spettro senza forma né colore. Era lì all'inizio della vita, ma anche sulla soglia della morte le menti più brillanti non poterono carpirne i segreti. La freccia del tempo è carica di tutte la paure della civiltà umana: è puntata in una direzione e una volta scoccata, non si ferma mai e non torna mai indietro fino alla morte termica dell'universo. Dato che era impossibile cambiare il mondo, l'unica possibilità stava nel cambiare il sé.

I ricercatori si concentrarono sul senso del tempo nel cervello umano. Ogni giorno frammenti di memoria si riaffacciavano nelle reti neurochimiche di miliardi di teste: non era questo fenomeno forse una specie di viaggio nel tempo? Gli esperimenti mostrarono che stimolando aree specifiche dell'ippocampo era possibile indurre la sensazione di dejà vu nei soggetti dei test, e fare in modo che trattassero le scene che stavano vivendo nelle loro vite come se fossero state già viste nell'infanzia.

Era come se un fantastico tecnico del montaggio avesse tagliato la vita in segmenti e li avesse rimessi in un ordine nuovo per creare la sensazione di viaggio nel tempo.

Conoscendo questo segreto il tempo diventava creta nelle mani del mago, poteva essere disteso e riplasmato in ogni forma. Era un paradosso affascinante come accelerando l'attività cerebrale il cervello rallentasse il passaggio del tempo esteriore e vice versa: era la teoria della relatività applicata al mondo della coscienza.

Chi era davvero bravo in quest'arte poteva anche impiantare un circolo chiuso nel cervello del soggetto così che il poveraccio vivesse una versione reale di *Ricomincio da Capo* ripetendo lo stesso giorno di continuo anche se era solo un'illusione data dalla manipolazione della memoria.

Chronosense, Ltd, fu formato in risposta a quest'opportunità. A seconda delle necessità del singolo cliente offrivano diversi livelli di regolazione del senso temporale in cambio di una fortuna in denaro. Ovviamente il costo veniva calcolato sul tempo trascorso realmente nel mondo fisico. Nell'Asia Orientale gli studenti sottoposti alla cultura dei test dovevano usare al massimo il poco tempo che avevano. La notte prima degli esami, con l'aiuto di Chronosense, potevano stare svegli e imparare un semestre di conoscenze e esperienze di esami come il pane della memoria di Doraemon. C'era un 0,5 % di possibilità che questa tecnica risultasse in un ictus, e così un medicinale che ne contrastava gli effetti divenne un acquisto popolare tra gli studenti.

Coloro che cercavano lo sballo nelle sostanze psicoattive, invece, volevano il contrario, cioè che il tempo soggettivo rallentasse finché non sembrava fermarsi. Volevano che l'estasi causata dalla droga si espandesse gradatamente come un'esplosione congelata in un ghiacciaio, ogni fuoco d'artificio che esplodeva in maniera zen come una montagna immobile. Sedevano nel buio, aspettando di immergersi nell'estasi chimica finché il fungo atomico non divorava l'ultima traccia della loro coscienza, lasciando la carne ai supporti vitali. Per loro il tempo cessava di esistere e solo l'allucinazione era reale.

Gli anziani erano i fan più sfegatati della memoria e fecero le richieste più precise a Chronosense senza badare a spese. Dopo aver selezionato i giorni più belli della loro vita, li collegavano assieme in una sequenza che mostrava solo il meglio in circolo continuo nel tempo che gli restava. Era il miglior modo per trarre il meglio dalla fine della vita così che si potesse morire col sorriso sulle labbra.

L'intelligenza della specie umana non sarebbe mai andata sprecata. Il genio del male sa sempre cosa farsene.

I regimi autoritari presto scoprirono il grande potenziale di questa tecnologia. Usando un'edizione speciale di questi macchinari schiavizzarono i loro cittadini e riuscirono a infilare dodici ore di fatica fisica e mentale nel popolo in ogni orario di lavoro legale di otto ore.

Le persone normali erano sull'orlo del collasso e dell'esaurimento, ma il prodotto interno lordo cresceva sempre di più. Per espellere parte della pressione pericolosa del lavoro eccessivo i governi aprirono dei villaggi vacanza speciali per lavoratori dove il loro senso del tempo sfasato poteva essere regolato con mezzi tecnici per dare una parvenza di equilibrio.

Le masse faticavano senza sapere la verità e lavoravano ancora di più per avere il diritto di andare in vacanza, dove tutto ciò che recuperavano era il tempo che era stato loro rubato. I loro figli, d'altro canto, sembravano nati con il senso del tempo sfasato. Con il loro ingresso nella forza lavoro e l'ulteriore manipolazione del loro senso del tempo, le cose cominciarono ad andare fuori controllo. La generazione successiva imparò a dimenticare, una strategia istintiva necessaria a dare sollievo a un cervello sovraccaricato. Periodicamente - il tempo variava da persona a persona - i loro ricordi si resettavano e si risvegliavano come neonati, avendo fatto tabula rasa.

Visto che coloro che avevano i cervelli riformattati imitavano l'un l'altro una barbarie primitiva iniziò a diffondersi come una malattia, e violenza e lussuria infransero le barriere erette dalla civiltà e dalla tecnologia.

Le persone selvagge dominarono le strade e le città e distrussero ogni macchina e istituzione che cercasse di cambiare la loro natura ferale. Possedevano davvero il tempo. Non avevano più bisogno del tempo.

Epilogo: Parlare le Lingue

All'inizio era il Verbo, e il Verbo era con Dio, e il Verbo era Dio.

O, come un linguista cognitivo lo avrebbe messo: il linguaggio costruiva il pensiero, il pensiero comprendeva e trasformava il mondo, e così il linguaggio era il primo motore del mondo, era Dio.

Dovunque ci fosse Dio c'era anche il Diavolo, così come la luce non poteva essere separata dall'oscurità. Fu il linguaggio e non gli strumenti a separare gli umani dalle scimmie. Il ponte tra il significante e il significato collegava il mondo del soggettivo con il mondo fisico.

Il significato era come l'acqua del Gange, un grande flusso che scorre.

Gli umani estrassero gocce di esperienza sensoriale, le conservarono, classificarono, generalizzarono e sublimarono finché il confine tra il sé e la realtà oggettiva fu definito.

Poi impararono a scambiare pensieri tra individui diversi per comunicare intenzioni, e la società iniziò a formarsi: divisione dei compiti, lavoro, famiglia, potere, stato, guerra... tutto era costruito su queste fondamenta.

Il linguaggio era la misura della comprensione, e ogni dibattito nell'umanità era basato sul nostro sistema linguistico comune. I vuoti e le venature persistettero in luoghi che non potevano essere descritti dalle parole.

Religione, musica, pittura, amore, dolore, gioia, solitudine... queste parole sono come la punta di un iceberg, nascondono incommensurabili, vastissimi, complessi sentimenti nascosti sotto la superficie. Hanno accompagnato i geni culturali umani dai tempi antichi e come gli strati sedimentari della geologia si sono sovrapposti l'uno sull'altro compenetrandosi e fondendosi, evolvendo fino a oggi.

Quando parli di questi argomenti, non sai di che stai parlando.

Tutte le società vogliono promulgare una serie di regolazioni linguistiche per correggere i pensieri delle masse. Dall'editto di Qin Shihuang che ordinò a tutta la Cina di scrivere allo stesso modo, fino alla Neolingua di 1984, alcune parole sono sparite e altre sono state inventate. Alcune espressioni erano utilizzabili solo da certe classi sociali in certi posti, mentre le masse dovevano evitare queste formule riservate ai nobili e a quelli di alto rango, e così inventarono uno slang che richiedeva ai cervelli associativi iperattivi di usare attentamente la loro scorta di omonimi, modi di dire, metonimie e rime, una cerimonia in onore della lingua e delle corde vocali. In una certa epoca, anche i divertimenti erano uno strumento disciplinato ideologicamente, reso tale grazie alla tecnologia.

Il governo installò dei firewall nei centri del linguaggio del cervello di ogni neonato, raggiungendo così per la prima volta nella storia una rete di sorveglianza in tempo reale del parlato. Quando ciò che un individuo voleva dire attivava i filtri dei firewall - sempre aggiornati - i firewall tagliavano il discorso della persona e la punivano con un livello di dolore appropriato. Dall'altro lato, quando la persona diceva le parole che soddisfacevano i desideri di quelli al potere, il firewall gli dava un piacere paragonabile a quello della droga.

Un coraggioso mondo nuovo di ricompensa e punizione.

Il sistema funzionava così bene che la gente, di propria iniziativa, trovò un modo di integrare i filtri nei propri geni così che venissero passati ai loro figli consentendo loro di unirsi al firewall ancora meglio.

Alla fine anche il più piccolo indizio di un pensiero indesiderato sarebbe stato eliminato prima che potesse far radice, riducendo al massimo le possibilità di venir puniti. Il meccanismo gradualmente diventò parte dell'inconscio, assimilato in quella parte della corteccia che ereditiamo dai nostri antenati anfibi, marini, rettili, mescolati con la parte più primitiva del linguaggio umano. Poi successe qualcosa di diverso.

Dal tempo da cui provengo, l'umanità non ha mai capito cosa accadde dopo. Una teoria è che l'umanità era davvero la creazione di una qualche intelligenza superiore che aveva impiantato nella mente umana un sistema di linguaggio di alto livello.

Il sistema si evolveva con lo sviluppo della civiltà, ma quando un invasore straniero ne minacciava i principi fondamentali, il sistema si resettava agli standard di fabbrica e riportava tutto alle origini. Il sistema era anche altamente infettivo.

Potete immaginarlo? Un mondo senza linguaggio. Crollò tutto.

Il problema non era che fosse impossibile parlare, piuttosto che l'umanità aveva perso proprio lo strumento necessario a capire il mondo e il sé. L'universo tornò al caos primevo. Io sono il prodotto di un sistema secondario. Davvero pochi individui ne mostrarono i sintomi - forse nella tua epoca lo chiamerebbero ispirazione divina.

Non ero più io a pronunciare le parole, ma le parole a parlare me.

Era come se l'intelligenza divina avesse perso la pazienza con i folli umani. I prescelti che portarono con sé una nuova logica linguistica dovettero istruire i primitivi barbari a ri-comprendere il mondo e a ricostruire la civiltà.

Il nuovo mondo sembrava più pacifico, più illuminato, più perfetto. Gli scienziati scoprirono le macchine del tempo e la teoria delle linee temporali. Mandarono inviati in universi paralleli in varie linee temporali per diffondere il vangelo così che gli umani in questi altri mondi potessero evitare i loro errori.

Molti di questi inviati non fecero una bella fine. Ed è per questo che io, Stanley, sono venuto dal futuro a parlarvi. per ragioni che non posso rivelare, terminerò presto il mio viaggio e lascerò la vostra linea temporale per saltare in un altro mondo sconosciuto.

Nel vostro universo il numero nove è speciale, simboleggia stabilità, rinascita, il supremo. Spero che i nove capitoli di questo vangelo possano accompagnare le anime perdute di questo mondo verso la porta alla fine del tempo e raggiungere l'eterna ricorrenza.

Indice

Uno sguardo alla Cina attraverso gli occhi della fantascienza — 6

Buddhagram — 12

I pesci di Lijiang — 43

Il fiore di Shazui — 62

Gli osservatori di animali — 83

La società dello smog — 114

L'eterno addio — 131

Miss G — 162

Storia Futura delle Malattie — 188

Progetto grafico Alda Teodorani
Immagine di copertina di Brad Sharp
Stampato da BD print Srl - Roma

9 788832 077018